鬼戀

徐訏

—徐訏文集—

小說卷

導言　徬徨覺醒：徐訏的文學道路

陳智德

「個人的苦悶不安，徬徨無依之感，正如在大海狂濤中的小舟。」[1]

——徐訏〈新個性主義文藝與大眾文藝〉

在二十世紀四、五十年代之交，度過戰亂，再處身國共內戰意識形態對立夾縫之間的作家，應自覺到一個時代的轉折在等候著，尤其在當時主流的左翼文壇以外，被視為「自由主義作家」或「小資產階級作家」的一群，包括沈從文、蕭乾、梁實秋、張愛玲、徐訏等等，一整代人在政治旋渦以至個人處境的去與留之間徘徊，最終作出各種自願或不由自主的抉擇。

1 徐訏〈新個性主義文藝與大眾文藝〉，收錄於《現代中國文學過眼錄》，台北：時報文化，一九九一。

一

一九四六年八月，徐訏結束接近兩年間《掃蕩報》駐美特派員的工作，從美國返回中國，直至一九五〇年中離開上海奔赴香港，在這接近四年的歲月中，他雖然沒有寫出像《鬼戀》和《風蕭蕭》這樣轟動一時的作品，卻是他整理和再版個人著作的豐收期，他首先把《風蕭蕭》交給由劉以鬯及其兄長新近創辦起來的懷正文化社出版，據劉以鬯回憶，該書出版後，「相當暢銷，不足一年，（從一九四六年十月一日到一九四七年九月一日），印了三版」[2]，其後再由懷正文化社或夜窗書屋初版或再版了《阿刺伯海的女神》（一九四六年初版）、《烟圈》（一九四六年初版）、《蛇衣集》（一九四八年初版）、《幻覺》（一九四八年初版）、《四十詩綜》（一九四八年初版）、《兄弟》（一九四七年再版）、《母親的肖像》（一九四七年再版）、《生與死》（一九四七年再版）、《春韮集》（一九四七年再版）、《一家》（一九四七年再版）、《海外的鱗爪》（一九四七年再版）、《舊神》（一九四七年再版）、《成人的童話》（一九四七年再版）、《西流集》（一九四七年再版）、潮來的時候（一九四八年再版）、《黃浦江頭的夜月》（一九四八年再版）、《吉布賽的誘惑》（一九四九再版）、《婚

[2] 劉以鬯〈憶徐訏〉，收錄於《徐訏紀念文集》，香港：香港浸會學院中國語文學會，一九八一。

事》（一九四九年再版），[3]粗略統計從一九四六年至一九四九年這三年間，徐訏在上海出版和再版的著作達三十多種，成果可算豐盛。

《風蕭蕭》早於一九四三年在重慶《掃蕩報》連載時已深受讀者歡迎，一九四六年首次結集成單行本出版，沈寂的回憶提及當時讀者對這書的期待：「這部長篇在內地早已是暢銷一時的名著，可是淪陷區的讀者還是難得一見，也是早已企盼的文學作品」[4]，當劉以鬯及其兄長創辦懷正文化社，就以《風蕭蕭》為首部出版物，十分重視這書，該社創辦時發給同業的信上，即頗為詳細地介紹《風蕭蕭》，作為重點出版物。徐訏有一段時期寄住在懷正文化社的宿舍，與社內職員及其他作家過從甚密，直至一九四八年間，國共內戰愈轉劇烈，幣值急跌，金融陷於崩潰，不單懷正文化社結束業務，其他出版社也無法生存，徐訏這階段整理和再版個人著作的工作，無法避免遭遇現實上的挫折。

然而更內在的打擊是一九四八至四九年間，主流左翼文論對被視為「自由主義作家」或「小資產階級作家」的批判，一九四八年三月，郭沫若在香港出版的《大眾文藝叢刊》第一輯發表〈斥反動文藝〉，把他心目中的「反動作家」分為「紅黃藍白黑」五種逐一批判，點名

3 以上各書之初版及再版年份資料是據賈植芳、俞元桂主編《中國現代文學總書目》、北京圖書館編《民國時期總書目，一九一一—一九四九》。

4 沈寂〈百年人生風雨路——記徐訏〉，收錄於《徐訏先生誕辰100週年紀念文選》，上海：上海社會科學院出版社，二〇〇八。

批評了沈從文、蕭乾和朱光潛。該刊同期另有邵荃麟〈對於當前文藝運動的意見——檢討・批判・和今後的方向〉一文重申對知識份子更嚴厲的要求，包括「思想改造」。雖然徐訏不像沈從文般受到即時的打擊，但也逐漸意識到主流文壇已難以容納他，如沈寂所言：「自後，上海一些左傾的報紙開始對他批評。他無動於衷，直至解放，輿論對他公開指責。稱《風蕭蕭》歌頌特務。他也不辯論，知道自己不可能再在上海逗留，上海也不會再允許他曾從事一輩子的寫作，就捨別妻女，離開上海到香港。」[5]一九四九年五月二十七日，解放軍攻克上海，中共成立新的上海市人民政府，徐訏仍留在上海，差不多一年後，終於不得不結束這階段的工作，在不自願的情況下離開，從此一去不返。

二

一九五〇年的五、六月間，徐訏離開上海來到香港。由於內地政局的變化，其時香港聚集了大批從內地到港的作家，他們最初都以香港為暫居地，但隨著兩岸局勢進一步變化，他們大部份最終定居香港。另一方面，美蘇兩大陣營冷戰局勢下的意識形態對壘，造就五十年代香港文化刊物興盛的局面，內地作家亦得以繼續在香港發表作品。徐訏的寫作以小說和新詩為主，

5 沈寂〈百年人生風雨路——記徐訏〉，收錄於《徐訏先生誕辰100週年紀念文選》，上海：上海社會科學院出版社，二〇〇八。

來港後亦寫作了大量雜文和文藝評論，五十年代中期，他以「東方既白」為筆名，在香港《祖國月刊》及台灣《自由中國》等雜誌發表〈從毛澤東的沁園春說起〉、〈新個性主義文藝與大眾文藝〉、〈在陰黯矛盾中演變的大陸文藝〉等評論文章，部份收錄於《在文藝思想與文化政策中》、《回到個人主義與自由主義》及《現代中國文學過眼錄》等書中。

徐訏在這系列文章中，回顧也提出左翼文論的不足，特別對左翼文論的「黨性」提出質疑，也不同意左翼文論要求知識份子作思想改造。這系列文章在某程度上，可說回應了一九四八、四九年間中國大陸左翼文論的泛政治化觀點，更重要的，是徐訏在多篇文章中，以自由主義文藝的觀念為基礎，提出「新個性主義文藝」作為他所期許的文學理念，他說：「新個性主義文藝必須在文藝絕對自由中提倡，要作家看重自己的工作，對自己的人格尊嚴有覺醒而不願為任何力量做奴隸的意識中生長。」[6] 徐訏文藝生命的本質是小說家、詩人，理論鋪陳本不是他強項，然而經歷時代的洗禮，他也竭力整理各種思想，最終仍見頗為完整而具體地，提出獨立的文學理念，尤其把這系列文章放諸冷戰時期左右翼意識形態對立、作家的獨立尊嚴飽受侵蝕的時代，更見徐訏提出的「新個性主義文藝」所倡導的獨立、自主和覺醒的可貴，以及其得來不易。

《現代中國文學過眼錄》一書除了選錄五十年代中期發表的文藝評論，包括《在文藝思想

[6] 徐訏〈新個性主義文藝與大眾文藝〉，收錄於《現代中國文學過眼錄》，台北：時報文化，一九九一。

與文化政策中》和《回到個人主義與自由主義》二書中的文章，也收錄一輯相信是他七十年代寫成的回顧五四運動以來新文學發展的文章，集中在思想方面提出討論，題為「現代中國文學的課題」，多篇文章的論述重心，正如王宏志所論，是「否定政治對文學的干預」[7]，而當中表面上是「非政治」的文學史論述，「實質上具備了非常重大的政治意義：它們否定了大陸的文學史論述」[8]，徐訏所針對的是五十年代至文革期間中國大陸所出版的文學史當中的泛政治論述，動輒以「反動」、「唯心」、「毒草」、「逆流」等字眼來形容不符合政治要求的作家；所以王宏志最後提出《現代中國文學過眼錄》一書的「非政治論述」，實際上「包括了多麼強烈的政治含義」。這政治含義，其實也就是徐訏對時代主潮的回應，以「新個性主義文藝」所倡導的獨立、自主和覺醒，抗衡時代主潮對作家的矮化和宰制。

《現代中國文學過眼錄》一書顯出徐訏獨立的知識份子品格，然而正由於徐訏對政治和文藝的清醒，使他不願附和於任何潮流和風尚，難免於孤寂苦悶，亦使我們從另一角度了解徐訏文學作品中常常流露的落寞之情，並不僅是一種文人性質的愁思，而更由於他的清醒和拒絕附和。一九五七年，徐訏在香港《祖國月刊》發表〈自由主義與文藝的自由〉一文，除了文藝評論上的觀點，文中亦表達了一點個人感受：「個人的苦悶不安，徬徨無依之感，正如在大海狂

7 王宏志〈心造的幻影——談徐訏的《現代中國文學的課題》〉，收錄於《歷史的偶然：從香港看中國現代文學史》，香港：牛津大學出版社，一九九七。

8 同前註。

濤中的小舟。」[9]放諸五十年代的文化環境而觀，這不單是一種「個人的苦悶」，更是五十年代一輩南來香港者的集體處境，一種時代的苦悶。

三

徐訏到香港後繼續創作，從五十至七十年代末，他在香港的《星島日報》、《星島週報》、《祖國月刊》、《今日世界》、《文藝新潮》、《熱風》、《筆端》、《七藝》、《新生晚報》、《明報月刊》等刊物發表大量作品，包括新詩、小說、散文隨筆和評論，並先後結集為單行本，著者如《江湖行》、《盲戀》、《時與光》、《悲慘的世紀》等。香港時期的徐訏也有多部小說改編為電影，包括《風蕭蕭》（屠光啟導演、編劇，香港：邵氏公司，一九五四）、《傳統》（唐煌導演、徐訏編劇，香港：亞洲影業有限公司，一九五五）、《痴心井》（唐煌導演、王植波編劇，香港：邵氏公司，一九五五）、《鬼戀》（屠光啟導演、編劇，香港：麗都影片公司，一九五六）、《盲戀》（易文導演、徐訏編劇，香港：新華影業公司，一九五六）、《後門》（李翰祥導演、王月汀編劇，香港：邵氏公司，一九六〇）、《江湖行》（張曾澤導演、倪匡編劇，香港：邵氏公司，一九七三）、《人約黃昏》（改編自《鬼戀》，

9 徐訏〈自由主義與文藝的自由〉，收錄於《個人的覺醒與民主自由》，台北：傳記文學出版社，一九七九。

陳逸飛導演、王仲儒編劇，香港：思遠影業公司，一九九六）等。

徐訏早期作品富浪漫傳奇色彩，善於刻劃人物心理，如〈鬼戀〉、〈吉布賽的誘惑〉、〈精神病患者的悲歌〉等，五十年代以後的香港時期作品，部份延續上海時期風格，如《江湖行》、《後門》、《盲戀》，貫徹他早年的風格，另一部份作品則表達歷經離散的南來者的鄉愁和文化差異，如小說《過客》、詩集《時間的去處》和《原野的呼聲》等。

從徐訏香港時期的作品不難讀出，徐訏的苦悶除了性格上的孤高，更在於內地文化特質的堅守，拒絕被「香港化」。在《鳥語》、《過客》和《癡心井》等小說的南來者角色眼中，香港不單是一塊異質的土地，也是一片理想的墓場、一切失意的觸媒。一九五〇年的《鳥語》以「失語」道出一個流落香港的上海文化人的「雙重失落」，而在《癡心井》的終末則提出香港作為上海的重像，形似卻已毫無意義。徐訏拒絕被「香港化」的心志更具體見於一九五八年的《過客》，自我關閉的王逸心以選擇性的「失語」保存他的上海性，一種不見容於當世的孤高，既使他與現實格格不入，卻是他保存自我不失的唯一途徑。[10]

徐訏寫於一九五三年的〈原野的理想〉一詩，寫青年時代對理想的追尋，以及五十年代從上海「流落」到香港後的理想幻滅之感：

[10] 參陳智德《解體我城：香港文學1950-2005》，香港：花千樹出版有限公司，二〇〇九。

多年來我各處漂泊，
唯願把血汗化為愛情，
遍灑在貧瘠的大地，
孕育出燦爛的生命。

但如今我流落在污穢的鬧市，
陽光裡飛揚著灰塵，
垃圾混合著純潔的泥土，
花不再鮮豔，草不再青。

海水裡漂浮著死屍，
山谷中蕩漾著酒肉的臭腥，
潺潺的溪流都是怨艾，
多少的鳥語也不帶歡欣。

茶座上是庸俗的笑語，
市上傳聞著漲落的黃金，

戲院裡都是低級的影片，
街頭擁擠著廉價的愛情。

此地已無原野的理想，
醉城裡我為何獨醒，
三更後萬家的燈火已滅，
何人在留意月兒的光明。

「原野的理想」代表過去在內地的文化價值，在作者如今流落的「污穢的鬧市」中完全落空，面對的不單是現實上的困局，更是觀念上的困局。這首詩不單純是一種個人抒情，更哀悼一代人的理想失落，筆調沉重。〈原野的理想〉一詩寫於一九五三年，其時徐訏從上海到香港三年，由於上海和香港的文化差距，使他無法適應，但正如同時代大量從內地到香港的人一樣，他從暫居而最終定居香港，終生未再踏足家鄉。

四

司馬長風在《中國新文學史》中指徐訏的詩「與新月派極為接近」，並以此而得到司馬長風的正面評價，[11]徐訏早年的詩歌，包括結集為《四十詩綜》的五部詩集，形式大多是四句一節，隔句押韻，一九五八年出版的《時間的去處》，收錄他移居香港後的詩作，形式上變化不大，仍然大多是四句一節，隔句押韻，大概延續新月派的格律化形式，使徐訏能與消逝的歲月多一分聯繫，該形式與他所懷念的故鄉，同樣作為記憶的一部份，而不忍割捨。

在形式以外，《時間的去處》更可觀的，是詩集中〈原野的理想〉、〈記憶裡的過去〉、〈時間的去處〉等詩流露對香港的厭倦、對理想的幻滅、對時局的憤怒，很能代表五十年代一輩南來者的心境，當中的關鍵在於徐訏寫出時空錯置的矛盾。對現實疏離，形同放棄，皆因被投放於錯誤的時空，卻造就出《時間的去處》這樣近乎形而上地談論著厭倦和幻滅的詩集。

六七十年代以後，徐訏的詩歌形式部份仍舊，卻有更多轉用自由詩的形式，不再四句一節，隔句押韻，這是否表示他從懷鄉的情結走出？相比他早年作品，徐訏六七十年代以後的詩作更精細地表現哲思，如《原野的理想》中的〈久坐〉、〈等待〉和〈觀望中的迷失〉、〈變

[11] 司馬長風《中國新文學史（下卷）》，香港：昭明出版社，一九七八。

幻中的蛻變〉等詩，嘗試思考超越的課題，亦由此引向詩歌本身所造就的超越。另一種哲思，則思考社會和時局的幻變，《原野的理想》中的〈小島〉、〈擁擠著的群像〉以及一九七九年以「任子楚」為筆名發表的〈無題的問句〉，時而抽離、時而質問，以至向自我的內在挖掘，尋求回應外在世界的方向，尋求時代的真象，因清醒而絕望，卻不放棄掙扎，最終引向的也是詩歌本身所造就的超越。

最後，我想再次引用徐訏在《現代中國文學過眼錄》中的一段：「新個性主義文藝必須在文藝絕對自由中提倡，要作家看重自己的工作，對自己的人格尊嚴有覺醒而不願為任何力量做奴隸的意識中生長。」[12]時代的轉折教徐訏身不由己地流離，歷經苦思、掙扎和持續的創作，最終以倡導獨立自主和覺醒的呼聲，回應也抗衡時代主潮對作家的矮化和宰制，可說從時代的轉折中尋回自主的位置，其所達致的超越，與〈變幻中的蛻變〉、〈小島〉、〈無題的問句〉等詩歌的高度同等。

*陳智德：筆名陳滅，一九六九年香港出生，台灣東海大學中文系畢業，香港嶺南大學哲學碩士及博士，現任香港教育學院文學及文化學系助理教授，著有《解體我城：香港文學1950-2005》、《地文誌——追憶香港地方與文學》、《抗世詩話》以及詩集《市場，去死吧》、《低保真》等。

[12] 徐訏〈新個性主義文藝與大眾文藝〉，收錄於《現代中國文學過眼錄》，台北：時報文化，一九九一。

目次

鬼戀

獻辭

春天裡我葬落花，
秋天裡我再葬枯葉，
我不留一字的墓碑，
只留一聲嘆息。

於是我悄悄的走開，
聽憑日落月墜，
千萬的星星隕滅。

若還有知音人走過，
驟感到我過去的喟嘆，
即是墓前的碑碣，
那他會對自己的靈魂訴說：

「那紅花綠葉雖早已化作了泥塵，
但墳墓裡終長留青春的痕跡，
它會在黃土裡永遠放射生的消息。」

一九四〇年十二月二十日　夜倚枕

說起來該是十來年前了，有一天，我去訪一個新從歐洲回來的朋友，他從埃及帶來一些紙煙，有一種很名貴的我在中國從未聽見過的叫做Era，我吸吸覺得比平常我們吸到的埃及煙要淡醇而迷人，他看我喜歡，於是就送我兩匣。記得那天晚上我請他在一家京菜館吃飯，我們大家喝了點酒，飯後在南京路一家咖啡店閒談，一直到三更時分方才分手。

那是一個冬夜，天氣雖然冷，但並沒有風，馬路上人很少，空氣似乎很清新，更顯得月光的淒豔清絕，我因為坐得太久，又貪戀這一份月色，所以就緩步走著。心裡感到非常舒適的時候，忽然想吸一支我衣袋裡他送我的紙煙，但身邊沒有帶火，附近也沒有什麼可以借火的地方與路人，一直到山西路口，才尋到那路上有一家賣雪茄紙煙與煙具的商店，我就拐彎撞了進去。大概那商店的職員已經散工了，裡面只有一個掌櫃在櫃上算賬，一個學徒在收拾零星的東西，自然更沒有別的主顧。

但當我買好洋火，正在櫃上取火點煙的時候，後面忽然進來一個人，是女子的聲音：

「你們有Era麼？」

「Era？」掌櫃這樣反問的時候，我的煙已著在我的嘴上，所以也很自然的回過頭去。是一位全身黑衣的女子，有一個美好的身材，非常奇怪，那付潔淨的有明顯線條美的臉龐我好像在什麼地方見過，雖然我想不出到底是哪裡。她正同掌櫃對話：

「你們也沒有這種煙麼？」

「沒有，對不起，我們沒有。」

這時候，我已經走出了店門，心裡想著事情有點巧，怎麼她竟會要買這Era的煙呢？還有那付無比淨潔的臉龐，到底我在哪裡見過的呢？為什麼這樣晚還在這裡買煙？我想著想著已經轉出南京路了。突然在轉角的地方有一個黑影攔住了我的去路，問：

「人！請告訴我去斜土路的方向。」

我駭了一跳，愣了。一種無比銳利的眼光射在我的臉上，等我的回答。我一時竟回答不出，待我有餘地將眼光向她細認時，我意識到就是剛才在店裡想買Era的女子。

她怎麼會在我的前面呢？我想。但隨即自己解答了，這要不是我不自覺的為想著問題走慢了，而沒有注意她越過我，就是她故意走快點避開我的注意而越過我的。

「斜土路，我說的是斜土路。」

月光下，她銀白的牙齒像寶劍般透著寒人的光芒，臉淒白得像雪，沒有一點血色，是淒豔的月色把她染成這樣，還是純黑的打扮把她襯成這樣，我可不得而知了。忽然我注意到她衣服太薄，像是單的，大衣也沒有皮，而且絲襪，高跟鞋，那麼難道這臉是凍白的。我想看她的指甲，但她正戴著純白的手套。

「人，你這樣看著我幹什麼？」臉一百廿分莊重，可是有一百三十分的美。這使我想起霞飛路上不知那一段的一個樣窗裡，一個半身銀色立體形的女子模型來。我恍然悟到剛才在煙店裡那份似曾相識的感覺之來源。這臉龐之美好，就在線條的明顯，與圖案意味的濃厚，沒有一點俗氣，也沒有一點市井的派頭，這樣一想，反覺得我剛才「似曾相識」的感覺是很可笑的。

「你在想什麼？不顧別人問你的路麼？」

她鋒利的視線仍舊逼著我的面孔，使我從浪漫的思維上嚴肅起來，我說：

「我在想，想這實在有點奇怪，問路的人竟不叫別人『先生』或『長者』而單聲地叫一聲『人』，難道你是神或者是上帝麼？」我心裡覺得她的美是屬於神的，所以無意識地說出這「神」字，但是我隨即用平常的微笑沖淡了那責問的空氣。

「我不是神，可是我是鬼。」她的臉豔冷得像久埋在冰山中心的白玉，聲音我可想不出用什麼來形容，如果說在靜極的深谷中，有冰墜子在山岩上溶化下來，一滴一滴的滴到平靜池面上的聲音來象徵她的清越，那麼該用什麼來象徵她的嚴肅與敏利呢？

「是鬼？」我笑了，心裡想：「南京路上會見鬼！」

「是的，我是鬼！」

「一個女鬼在南京路上走，到煙店裡買名貴的埃及煙，向一個不信鬼的人問路？」

我笑了，背靠在牆上，手放在大衣袋裡。

「你不相信鬼？」

「還沒有相信過，這是真的；但假如有一天相信，也不會在上海南京路上；也決不會對一個在煙店裡想買Era煙，又膽敢向一個男子問路的美女來相信。」

「那麼你怕鬼麼？」

「我還沒有相信世上有鬼這樣的東西，怎麼談得到怕？」

「那麼你敢陪我到斜土路麼？」
「你想激我陪你去斜土路麼？」
「為什麼說我激你？」
「你為什麼不說願意不願意，而說敢不敢呢？」
「那麼我就問你願意不願意好了。」
「你為什麼要去斜土路，這樣晚？」
「因為到了斜土路，我就認識我的歸路。」
這時候我們不自覺的並肩走起來。我說：
「那麼你是怎麼來的呢？」
「走著走著就來了。」
「那麼你是到南京路來玩的？」
「我在黃浦江上看月。」
「一個人？」
「不，一個鬼。」
「這樣晚？」
「是的，如果用你人的眼光來說。」
「那麼你也該乏了，讓我叫一輛汽車送你回去好麼？」

「這是什麼意思？是我不會叫汽車？還是你走不動，還是你不敢或者不願陪我走。」

「你是鬼？」我笑：「一個陌生的男人陪你去斜土路你不怕？」

「在僻靜的地方是鬼的世界，人應該怕了。」

「我怕什麼？」

「你，你……至少要怕迷路。你知道僻靜的地方，鬼路複雜，人是要迷住的，你難道沒有聽說『鬼打牆』麼？但是在熱鬧的地方，像這南京路，人的路就比鬼複雜，鬼是被迷住了。」

「你是說你是鬼，而被『人打牆』迷住了。所以不認識路？」

「是的。」她點一點頭說。

「那麼我陪你去，但是如果我迷路了，你也要指點我一個出路才對。」

「那自然。」

她每次回答時，我都回頭去看她；她一句有一句的表情，說第一句時眉毛一揚，說第二句時眼梢一振，說三句時鼻子一張，點點頭，說第四句時面上浮著笑渦，白齒發著利光。這四句答語的表情，像是象徵什麼似的吸收了我，這時就是她在送到時要咬死我，我也沒法不願意了。我說：

「那麼好，我陪你走到斜土路。」我說著就拿一支Era來抽，忽然想起她買Era的事情，所以就遞給他，問：

「你抽煙麼？」她拿了一支，說：

「謝謝你。」

於是我停下來擦洋火。當我為她點火的時候，我發現這銀白而潔淨的顏色，實在是太沒有人氣了。

那麼難道這是鬼，我想。不，我接著就自己解釋了，或者是粉搽太多，或者是大病以後，再或者是天生的特殊的膚色，假如是我愛人的話，我一定會問：「為什麼不搽點胭脂。」自然我沒有同她這樣說，但是她先開口了：「啊，這是Era！你那裡買的？」她噴了一口煙說。

「是一個朋友送我的，但是奇怪，你怎麼知道這是Era呢？」

「你不知道鬼對於煙火有特別明銳的感覺麼？你們祭鬼神不都用香燭麼？」

「你又是鬼！」我笑了，但是我心裡也有點怕起來。可是當我向她注視時，她美麗面容立刻給我無限的勇氣，我又矜持著說：

「但是這不是香燭是紙煙。」

「對的，但在鬼也是一樣，不用說是我自己抽了，只要是別人在抽，我知道名稱的我都說得出，但這還不算希奇，我還辨得出這紙煙裝罐的日期。」她說這句話時，態度沒有剛才的嚴肅，這表示這句話是開玩笑，那麼難道以前的話都是真的麼？然則她真是鬼了。

我沒有說什麼，靜靜地伴著她走。馬路上沒有一個人，月色非常淒豔，路燈更顯得昏黑，一點風也沒有，全世界靜得只有我們兩個人的腳步聲音。我不知道是酒醒了還是怎的，我感到寂寞，我感到怕，我希望有輕快的馬車載著夜客在路上走過，那麼這馬蹄的聲音或者肯敲碎這冰凍的寂寞；我希望附近火起，有救火車敲著可怕的鈴鐺駛來，那麼它會提醒我這還是人世；我甚至希望有槍聲在我耳邊射來。……

但是宇宙裡的聲音，竟只有我們可怕的腳步，突然，她打破了這份寂靜，說：

「你以前還沒有同鬼一同走過路吧？」

我清醒過來看她，她竟毫沒有半點害怕的表情，同樣的鎮靜與美。到底她是習慣於這樣寂寞的境界呢？還是體驗不到這寂寞的境界呢？

「你怕了，你有點怕了，是不是？」她譏諷似的說。

「我怕？我怕什麼？難道怕一個美麗的女子。」

「那麼你為什麼不回答我，我問你，你以前還沒有同鬼一同走路過吧？」

「是的，我以前沒有，現在也沒有，將來而且永遠不會有。」說出了我有點後悔，這句話實在說得太局促了，似乎我是怕她提起鬼似的。她好像有意捉弄我的說：

「但是你現在正伴著鬼在走。」

「我不會相信有這樣美的鬼。」

「你以為鬼比人要不美許多麼？」

「這是自然的，人死了才成鬼。」

「你是將人的死屍作為鬼了！」她說：「你以為死屍的醜態就是鬼的形狀麼？」她笑了，這是第一次發聲的笑，這笑聲似乎極富有展延聲似的，從笑完起，這聲音悠悠悠悠的高起來，似乎從人世升上天去，後來好像已經登上了雲端，但隱約地還可以讓我聽到。

我望望天空。天空上有姣好的月，稀疏的星點，還有是幽幽西流的天河。

「人間腐醜的死屍，是任何美人的歸宿，所以人間根本是沒有美的。」

「但是鬼是人變的，最多也不過是一個永生的人形，而不會比人美的。」

「你不是鬼，你怎麼知道？」

「可是你也不是人呢！」

「但是我以前是人，是一個活潑的人。」

「我想你現在也是的。」

她微喟一聲，沉默了，我們默然走著。

到一條更加昏黑的街道了，月光更顯得明亮。她忽然望望天空，說：

「自然到底是美的。」

「夜尤其是美。」

「那麼夜正是屬於鬼的。」

「但是你可屬於白天。」我說。

「你的意思是……」

「我的意思是夜儘管美，但是你更美。」

「在鬼群裡，我是最醜惡的了。」

「假如你真是鬼，我一定會承認鬼美遠勝於人，但是你是人。」

「你一定相信我是人麼？」

「自然。」

「假如我在更僻靜的地方，露一點鬼相給你看。」她還是嚴肅地說。

「是更美的鬼相麼？」

「怕，你見了會怕。」

我的確有點怕，但是我鎮靜著把她當作女子說：

「你不必露鬼相，講一個鬼故事，就可以使你怕了。」

「你講，你講講看。」

「你真的不會駭壞麼？」我故意更加輕佻地說。

「駭壞？」她第二次發著笑聲說：「天下可有鬼聽人講故事而駭壞的麼？」

於是我講了一個故事：

「有一次有一個大膽的人在山谷裡迷途了，忽然看見前面有一個很漂亮的女子在走，她知道三更半夜在深山冷谷中絕沒有一個單身的女子的，所以他斷定她是鬼，於是他就跑上去，說：

『我在這裡迷路已經有兩個鐘頭了，你可以告訴我一條出路麼？』

那個女子笑笑回答：

『不瞞你說，我只知道回家的一條路。』

『那麼我就跟你走好了。但是奇怪，怎麼三更半夜你一個單身的女子會在這裡走路？』

『有事情呀。我母親老病復發了，我去求藥去，你看這個深山冷谷中附近又沒有親友，所以不得不跑到七里外的姑母家。』

『啊，你手上就是藥麼？』那個男人這樣問她。

『是的。』她說。

『我可以替你拿麼？』男的故意再問她，但是她說：

『不，謝謝你。』

星月皎潔，風蕭蕭，歇了一會，男的又問：

『你難道一點不怕麼？』

『這條路我很熟。』

『但是假如我有點壞心呢？』

女的沒有回答，笑了一笑。又靜了一會。這個男人又說：

『我忽然感到我們倆實在是有緣的，怎麼我無緣無故會迷路了，怎麼我忽然碰見你了，怎麼我忽然想到……』他說了半句不說下去。

『想到什麼？』

『想到假如你是我的情人，或者妻子，在這裡一同走是多麼愉快的事。』

『這人真是奇怪……』

『不是我奇怪，是你太美麗了；我只是一個普通的男人，見了你這樣美麗的女子，難道會不同情麼？』他說著說著把手挽在她臂上。

『你怎麼動手動腳的？』

『我迷路兩個鐘頭，山路不熟，腳高腳低的，所以只好請你帶著我，假如你肯的話，陪我休息一下怎麼樣？』他把她的臂挽得更緊了。

『好的。那麼讓我採幾隻柑子來吃吃，我實在有點渴了。』她想掙開去，但是男的緊拉著她：

『那麼我同你一同去，我也有點渴，有點餓了。』

『不用，不用，你看，這上面不都是柑子麼？』她說著說著人忽然長起來，一隻手臂雖然還在男的臂上，另外一隻手已經在樹上採柑子，一連採了三隻，慢慢又恢復原狀，望望男的。男的緊挽著她的臂，死也不放的裝做一點不知道她的變幻說：

『你真好，現在讓我們坐下吧。』她一面說著，一面把她拉在地上坐下，手臂挽著她的手臂，手剝著柑子，剝好了先送到女的嘴裡去。

『謝謝你。』女的吃了柑子說，但當男的吃了兩口柑子時，她忽然說：

『啊喲，怎麼柑子會辣我舌頭。你替我看看，我舌頭上有什麼？』

男的回頭察看她的舌頭時。她舌頭忽然由最美的變成最醜的，慢慢地大起來，長起來，血管慢慢的膨脹起來，一忽兒突然爆烈，血流滿紫青色厚重的嘴唇。她嫵媚的眼睛也忽然突出來，掛滿了血筋，耳朵也尖尖地豎起來。但是這男的還是假裝著不知，他說：

『一點沒有什麼？一定是柑子酸一點，你大概不愛吃酸的吧？』男的一面說，一面還是緊挽著她的臂，眼睛還是望著她，看她慢慢地恢復了常態，舌頭小下來，嘴唇薄下來，眼睛縮進去，露出原來的嫵媚。男的說：

『有人說這條路上很難走，常常會碰見可怕的鬼，但是我反而碰見像你這樣的美女。』

『你以為我美麼？』

『自然，你看你的眼睛，發著最柔和的光，臉滿像一隻玲瓏的柑子，還有嘴唇，像二瓣玫瑰花瓣，還有牙齒，像是一串珍珠，啊，還有舌頭，我怎麼說呢，像一隻小黃鶯，養在那裡唱歌，你說話就比唱歌還好聽，啊，還有……』

『啊！』女的忽然打斷他的說話：『時候不早，我母親一定著急了，我要回去。』

『回去麼？』男的說：『我們難得相逢，在這裡多談一會難道不好麼？你看月色多麼好，風也不大，還有……」

『但是我母親生著病。』

『不要緊，不瞞你說，我正是一個醫生，天一亮我就陪你去，替你母親去看病。』

『那麼現在去好了。』

『現在麼？』男的還是緊挽著她的手臂：『在我實在走不動了，還有我實在怕，前面那個樹林裡我怕真會碰見鬼』

『但是我就是鬼。』女的嚴肅地說。

『你是鬼！』男的哈哈大笑起來！『笑話，笑話，像你這樣的美女會是鬼！』

『你不相信麼？』

『你說給三歲的孩子都不會相信的。』

『你不要裝傻。』她說著說著眼睛眉毛以及嘴角都彎了下來，牙齒長出在嘴角外面有三四寸，鼻子只有兩個洞，頭髮一根根豎了起來，聲音變成尖銳而難聽：『現在你相信了吧？』

『哈哈哈哈，』男的還是笑：『你說給三歲的孩子都不會相信，說是這樣的美女會是鬼！』

女的又恢復了原狀，她說：

『我有什麼美呢，我的三個妹妹都比我美，假如你願意，你到我家裡去看看好了。』

『那麼等天亮了我一定去。』男的緊挽著她的手臂說。

這時候女的發急了，只得央求他說：

『我第一次碰見你這樣大膽的人，但是你要是不讓我回去，到天亮我就要變成水了，所以請你可憐我，讓我回去吧。』

『你實在太可愛了，好，現在我陪你同家，我希望以後同你家做個朋友，常常到你地方來玩，你們可不要再駭我了。』

『那好極了。』

這樣他們就臂挽臂的在月光下走著，一路上談談話，大家也沒有什麼隔膜。

這樣一直到她家裡，她家裡佈置很潔淨，她有一個母親同三個妹妹，母親並沒有病，她們暗地裡說了一番話後，招待他非常殷勤，捧了喜糕同咖啡茶請他吃，她母親還謝謝他陪她女兒回來，並且說他是累了，為他鋪床，最後請他去休息。

她母親陪他進一間白壁綠窗的房間，房內沒有別的佈置，只有一張白色的桌子，兩隻白色的長凳同一張灰色的床，鋪著黃綢的被，他就糊裡糊塗的睡下去了。後來她母親還走進了一趟，像慈母對待遠歸的兒子一樣，替他放下灰綠色的窗簾，又替他蓋好被鋪，說：

『把頭完全伸在被頭外面吧，這樣比較衛生些。』

這位母親出去後，他就睡著了。

一覺醒來，他原來睡在一個墳前的石欄裡，欄口長滿了青草，大概好久無人來掃墓了。蓋在他身上的是一厚層黃土，幸虧頭伸在外頭，否則怕也早已悶死。

他起來看看墓碑，寫的是『張氏母女之墓』。走了幾步，感到喉頭非常不舒適，頗想嘔吐，等嘔出來一看，奇臭難聞，吐出不少牛糞牛溺，方才悟到這就是剛才所吃的喜糕同咖啡茶。

後來他很想再會到這個女鬼，但是白天去看看是墳墓，夜裡總是摸不到那塊地方……」

我講完這個故事，又拿出香煙，給她一支，我自己啣了一支；有點風，劃了兩根洋火都滅了，大概是霞飛路吧，那時候自然沒有現在熱鬧，又兼是深夜，死寂得沒有一個動物同一絲有生氣的聲音，街燈昏暗異常，月光更顯得皎潔，路樹遇風蕭蕭，我好像溶在自己所講的故事裡頭，而身旁的女子正是我故事裡的人物；當我為她燃煙的時候，我的手似乎發著抖，我怕我會照出她忽然變了形，或者嘴唇厚腫起來，或者眉梢眼角彎下去，或者頭髮豎起來，鼻子變了兩個洞……但是還好，她竟還是這樣的美好。她吸了一口煙，一面噴著煙，一面說：

「你的故事很有趣，但是駭壞的不是我，倒是你自己。」

「我？」我矜持著說：「我告訴你，我有同故事裡的男子一樣的大膽。」

「好。」她冷靜地說：「那麼到徐家匯路的時候，我倒要試試你的膽子看。」

我怕了，我實在有點怕起來，我沒有說什麼，抽著煙默默的伴著她走。她似乎感到似的，安慰我說：

「但是你放心，我不會加害於你，也不會請吃牛糞。」

「加害於我，只要是你親手加害的，我為什麼不願意接受？」

「真的麼？」她回個頭來，還是那樣美麗，沒有一點變幻。

「真的，我敢說。」我認真地說：「我總覺得伴你走這一條路是光榮的事。」

實在，她的美已經克服了我，無論她說話的態度與舉動。她那時的確有權叫我死，但是假如她變成可怕的醜惡的鬼相，我還是願意死麼？這個問題一時占了我的心靈。我說：

「為什麼鬼要用醜惡可怕的鬼相來駭人呢？」

「這是人編的故事。」她說：「人總以為鬼是醜惡的，人總把吊死的溺死的死屍的樣子來形容鬼的樣子。」

「那麼到底鬼是怎樣呢，你總該知道得很詳細了。」

「自然啦，我是鬼，怎麼會不知道鬼事？」

「那麼你為什麼說你回頭要現鬼相駭我呢？」

「可怕的鬼相一定是醜惡麼？」

「沒有美的東西是可怕的。」

「這因為你沒有見過鬼，今夜你就會知道最美的東西也可以駭壞人。」

「但是我相信，至少我是不會被美所駭壞。」

「天下過份的事情都可以駭人的，太大的聲音，太小的聲音；太強的電光，太弱的磷火都可以駭壞人；所以太美的形狀，同太醜惡的形狀一樣，都可以駭壞人。」

「你的話或者有理，但是你不知道什麼是美，美就在不能夠過分，一過分就是不美。」

「但是可以美得過分。」她笑了。接著她同我談到許多美學上的問題，話就談遠了。

她的博學與聰敏很使我驚奇，很可能的使我相信她是一個鬼，但是這個鬼也好像更不可怕了。

有一陣風，我打了一個寒噤，我問：

「你感到冷麼？……」

「不，我走得很熱。」

我忽然感到我應當稱呼她什麼呢？我問：

「我可以問你的姓名麼？」

「鬼是沒有姓名的。」

「那麼叫我怎麼稱呼你呢？」

「你自然可以叫我鬼。」

「『鬼』，我不願意，你能告訴我你叫什麼名字麼？」

「你是不是叫慣了人世間那些什麼翠香，寶英，菊妹，黛玉一類的名字？所以一定要在不是人的上面也加一個名字，好像許多人把狗叫做約翰，把貓叫做曼麗，把亭子叫作滴翠，把山叫作天平，叫作天目，把自己的街屋叫作『葛天山莊』『臥雲』『吐雲』一樣嗎？這是太俗氣了。」

「那麼我叫你『神』好了，我想你假使不是人，那麼一定是神；假使是人，那麼神是也可以代表你的高貴。」

「我的確是鬼，但鬼不見得不高貴，為什麼你要把她看作這樣低賤？我本來是鬼，為什麼要叫『神』呢。」她很憤怒地說，可是到此忽然一笑：「人，你究竟是一個凡人。」

我本來是凡人，所以我就默然了。

這時大家走得非常慢，好像是在散步，不是在走路，我眼睛望著天平線，她大概在看我，我不敢把視線同她銳利的眼光相碰，夜靜得一片樹葉子翻身都可聽到，這樣沉默了大概有十分鐘。

「我想，你以後就叫我『鬼』就是了。」

「鬼不是很多，怎麼可以籠統叫你為『鬼』呢？」

「那麼人也不只你一個，我為什麼要籠統叫你為『人』呢？」

「所以呀！不過你叫我是你的自由。」

「我不相信叫人有自由的，在你們人的社會裡，兒子叫爸爸不是必須叫爸爸嗎？所以叫人也要一定合理的。」

「那麼你的稱呼法是合那一種理呢？」我爭執的理論是退後一步了。

「因為我只認識你一個『人』，假如你也不認識第二個『鬼』，那麼叫我『鬼』豈不是很合理麼？」

「好的，我聽從你。」

這時候我們已經到了徐家匯路，算已是荒僻的地方，我期待她的變幻，什麼是美得可怕的形狀呢？我等待降臨到我的面前。

但是她好像忘了似的，再也沒有提起，不知不覺我們到了斜土路，她叫我回家，我想送她到家她一定不肯，她說下去還有十幾里地呢。

「你以為我怕再走十幾里地麼？」
「不，下去都是鬼域，對人是不方便的。」
「但是同你在一起，我願意做鬼。」
「但是你是人。」
「我一定要送你到家。」
「我不許你送。」她站住了。
「那麼你走你的，我走我的。」
「不，你一定要回去。」她目光銳利地注意著我，使我不敢對她凝視了。我垂了頭。
「回去，聽我的話。回去。」
這是一句命令的語氣，我感到一點威脅，這像是指揮百萬大軍的語氣，是堅定的，誠懇的，充滿了信仰與愛的語氣，我想拿破崙一定也用這樣的語氣叫他的士兵為他赴死。
當我舉起頭向她看時，她的目光還在注視我，銳利中發著逼人的寒冷，嘴唇閉著，充滿了堅決的意志，眉梢豎起來，像是二把小劍。
這樣的面目我平生第一次見到，我怕，我感到一種怕懼。
「好的，我聽從你，但是我什麼時候可以再會見你呢？」
「會見我？」
「是的，我必須再見你。」

「好，那麼下一個月這樣的月夜。」

「但是我不能等這樣悠長的歲月。明天怎麼樣？」

「那麼下星期第一個月夜。」

「但是……」

「下星期第一個月夜，就在這裡。」

「可是……」

「好，就這樣，現在你回去。」

我點點頭。但是我把手中的一匣Era交給她說：

「留著這個吧。」沒有注視她一眼我回頭走了。

「謝謝你，再見！」她在背後說。

「下星期見。」我說著揚揚手，我沒有回頭看她，因為實在可怕。美得可怕，是的，美得可怕。我在回來的路上一直想著這份可怕的美，與這個美得可怕的面容。

第二次相會，我們漫步了許多荒僻的地方，我回家已是天亮。

第三次的約會只指定日期地址，沒有限定月夜，碰巧那天下雨，我去時以為她也許不會來，但她竟比我先在，我們就到霞飛路一家咖啡店去談了一夜。

以後我們的約會大概三天一次，總在夜裡，逢著有月亮，常在鄉下漫走，逢著下雨或者陰天，總到咖啡店坐坐。日子一多，我們大家養成了習慣，風雪無阻，彼此從未失信。她從不許我送她到斜土路以西，更不用說是送她到家。

她善於走路，又健談；假如說我到現在對於專門學問無成，而一直愛廣泛地看點雜書，受她的影響是很深的。她真是淵博，從形而上學到形而下學，從天文到昆蟲學，都好像懂一點。但是她始終說她是鬼，我也不再考究她的下落，鬼也好，人也好，現在總是我一個不能少的朋友。

這樣的友誼一直沒有斷，沒有第三個人知道我們這份友誼。在一年之中，我總有幾十次請她到我寓所坐坐，她都拒絕了，雖然有時候簡直在我門前走過；也總有幾十次求她讓我送她到家，她也都拒絕了。

一直到有一天。

那是夏夜。

星斗滿天，流螢滿野，我們在龍華附近漫走；忽然一陣狂風掀起，雷電交作，雨像倒一般的下來了。

平常她在有雨意的天時，總是預先禦著雨衣，帶著傘的，常常把傘交給我，她戴著我的帽子。可是那天雨實在突兀，夏天的衣裳又不是呢製的，所以一淋就透，要是冬天我總會把呢大衣覆在她的身上，但那天我只穿一件竹布長衫，連帽子也沒有戴，偏偏附近也沒有地方可以避雨，所以我們兩個人都被雨澆得非常潦倒。

我非常沉默，一面跟著她走，一面只向附近瞭望，想尋一個避雨的所在。前面有一個村落，但至少有十分鐘的路，她正朝著這個村落走，雨愈來愈大，淋得我眼睛都張不開了，野地上蒸浮著煙霧，我尋不出更近的地方，所以只是默默的跟著她。

一進村落，她忽然站住了。用手撥她濕淋淋垂下的頭髮說：

「好，就到我家去避避雨吧。」

她立刻跑得很快，我緊緊地跟著，一轉兩轉以後，她就用鑰匙開一個狹窄的門，拉著我進去。穿過一個黑長的弄堂是樓梯，上了樓梯，是間大而空疏的房間，有兩三個門，大概是通套間的，她沒有招呼一句就匆匆到遠處左面一個門裡進去了。

這間房佈置得非常古怪，傢具都是紅木的，床極大，深黑色的圓頂帳子，是我第一次看見有人在用。但是我沒有走近去看，因為那半間房間是鋪著講究的地氈，我全身濕淋淋的，很怕把它弄髒，牆上掛著一二幅中西的畫幅。靠著她進去的門前面，有一架鋼琴同一只梵和林。一隻紅木的書架就在我附近，再過去是一張小圓桌同幾張沙發，右邊的一扇門開著，我走過去張望，知道是一間書房，四壁都是圖書。當中有一張寫字檯同三張沙發。……

她忽然出來了，穿著白綢的睡衣，拖著白緞的拖鞋，頭上也包著一塊白綢，這啟示了她無限的光明。她一面走過來，一面說：

「啊，全身都濕了！人，你快去換換衣服吧。」

「我又沒有帶衣服。」

「在裡面，我已經為你預備好了。」

「啊，那好極了。」我一面說著，一面向著她出來的門走進去。

那是一間很大的普通的浴室，一半被圍屏攔去，從外面可以看到屏後牆上的兩個門框，但是我沒有轉到屏後去窺探。有一套男裝小衫褲放在椅上，椅背上搭著一條乾淨的大毛巾，一雙男人用的拖鞋放在地上，我揩乾了頭髮同身子，換上了衣裳，雖然覺得稍微短一點；但還可穿，最後我踏著拖鞋出來。心裡掛著一種很不舒服，不知是妒嫉還是什麼的情感。

我出來的時候，她正在沙發上吸煙；我走過去，她遞給我一支煙，說：

「好，現在坐一會吧。」

我點著了煙，坐下去，緊迫的無意識的問：

「你怎麼會有這些男人用的東西呢？」

「這些是我丈夫的東西。」

「你的什麼？」

「我丈夫。」

「你丈夫？」我不知道為什麼，心裡浮起奇怪的惆悵。

「是的，我丈夫。」她笑著，但接著又說：「讓我把你衣服吹在窗口，乾了可以讓你換。」

「……」我靜默在思索之中，眼睛看著我吐出的煙霧，沒有回答她。但是她翩然的進去了。

我一個人坐著，起初感到不安與惆悵，慢慢我感到空虛寂寞與無限的淒涼。三支煙抽完了，她還沒有出來。大概是同她丈夫在裡面吧，我想。

一個電閃與雷聲，使我意識到窗外的雨，我站起來，向窗外看去，在連續電閃中，我望見窗外是一塊半畝地的草地，隔草地對面是兩排平房，都沒有一絲燈光。

突然使我注意到她的窗簾，裡外有三層，貼窗是白色的，其次是灰綠色的，最裡的則是黑呢的。

難道這真是墳墓麼？我想，白色該是石欄，灰綠色該是青草，黑色該是泥土，……她同丈夫在土裡，而我在她們的土外……

窗外的電閃少了，但雨可蕭蕭地下著，我又坐了下來，苦悶中自然還是抽煙。當我正燃起紙煙的時候，她出來了，兩手捧一隻盤。

我一聲不響地噴著煙，她過來了，把盤裡的東西拿到桌上，是二杯威士忌和二杯熱咖啡，同牛奶白糖，還有一碟蛋糕。

原來當我一個人想她是同丈夫在裡面的時候，她正在為我預備這些東西，我想著想著，就感到自己的卑鄙了。

她坐下來，拿一杯酒給我，說：

「喝這杯酒吧，否則怕你會受寒的。」

「……」我沒有說什麼，拿起這只杯子；她拿起她的，同我碰了一下杯，說：

「祝你快樂！」

「祝你同你的丈夫快樂！」我冷靜地說了，乾了一杯。

她笑了，接著她說：

「現在讓我們喝點咖啡，談談吧。」

「……」我只是抽煙，沒有回答她。原來她是有丈夫的，所以不叫我來這裡，我想。

「怎麼？你難道疑心這蛋糕咖啡是牛糞什麼麼？」

「……」我還是不響。

她忽然嘆了一口氣，默默地站起來走到鋼琴旁邊坐下了，半晌半晌，她散漫地在琴鍵上發出聲音來，慢慢地奏出一個曲子。

我不知道是被這音樂感動還是怎的，我禁不住站起來走過去。在她的身後，我站了有三五分鐘之久，禁不住自己，我問：

「鬼，（現在我早已叫慣了這個稱呼，覺得也很自然而親密了。）那麼你是有丈夫的了？」

「為什麼鬼就沒有丈夫。」她還是奏她的曲子，也沒有回過頭來。

「但是……」我說不出，也不知道說什麼好。

「人，你是人。而這是鬼事！」她停止了曲子。

「你以為我可以不管你的事情麼？」

「你怎麼可以管？你要管什麼？」她突然回過頭來。

「我要知道你是同你丈夫住在這裡麼？」

「不。」她站起來說：「但是不是與是都一樣，這都是鬼事，與你人是毫無關係的。」

「不過我要知道。」我低聲地說：「那麼你是一個人住在這裡了。」

「你看。」她指指窗外，窗外的雨已停止了。有明月照在對面的平房上。她說：「那面的平房就屬於我的家屬。但是這些與你有什麼關係呢？你是人，在我你是一個唯一的人類的朋友，我們的世界始終是兩個，假如你要干涉我的世界，那麼我們就沒有法子繼續我們的友誼。」

「但是，鬼，可是我一直在愛你。」我的聲音發著顫，這是一句祕藏在心裡想說而一直未說的話，現在是禁不住說出了。

她跑開了，一直到右端的圓桌上邊，拿起一支煙，一匣洋火，臉上毫無表情，我沒有追過去，也不敢正眼看她，只是默默地靠著鋼琴等她，等她抽上了煙，等她從嘴裡吐出煙來。可是她的話一直等到第二口煙吐出時才帶出來的：

「你知道你是『人』，而我呢，是『鬼』！……」

「現在我再不想知道你是人還是鬼。總之無論你是人還是鬼，我愛你是事實，是一件無法可想的事實。」

「但我們是兩個世界，往來已經是反常的事，至於愛，那是太荒誕了。」

「你以為人與鬼之間有這樣大的距離麼？」我一面說，一面走過去。

「不，鬼是一種對於人事都已厭倦的生存，而戀愛則是一件極其幼稚的人事。」
「那麼你為什麼結婚，為什麼有丈夫？」
「那都是生前的事。在鬼的世界裡並沒有這些嚕囌的關係。」
「那麼這衣服？」我指我穿著的衣服說。
「一套男子的衣服是這樣希奇麼？你實在太可笑了。」
「那麼你並沒有丈夫？」
「這不是你應當知道的問題。」
「但是我要知道。假如有的，請願諒我這種多餘的愛，現在就請你丈夫出來，從即刻起，讓我做你們的朋友，假如沒有的，請你也坦白告訴我，不要弄得我太痛苦了，因為，不瞞你說，我已經為你心碎了。」我說完了，淚滴滴地從我眼眶出來，我不禁頹然，靠倒在沙發背上。
「好的，那麼請你等著，我去叫他出來。但是記住，今後我們是朋友。」
她說著翩然的進去了。
於是我等著。我說不出我那時的心理，我像等待一個朋友，也像等待一個仇人，我愛，我恨，我還有幾分憤怒。
我不能安坐，我站起，我坐下，我狂抽著煙，頓著腳，嘆著氣，最後，我頹然地倒在安樂椅上，抑著自己的心跳，閉著眼睛，細尋我愛與恨以及憤怒的來源。

有男子的履聲傳來，我屏息注視那門口，極力把態度與姿勢做得自然，並且思索我應當說的不失禮貌的話語。

門開了，一個西裝的青年進來，嘴裡吸著紙煙，但是她呢，她竟不先出來向我介紹；他已走過來了，但是門閉處她竟也不隨著出來。

這個局面將怎麼樣呢？我立刻把視線下垂，安適地靠倒椅背，等候她趕出來為我們介紹。但是步聲近來了，還沒有她的聲音。

「這裡是我的丈夫，你看。」這聲音似乎很近。我猛抬頭，發覺我五尺外的男子正是她，是換了男裝的她。我站起，忽忙跑過去，我說：

「那麼你是沒有丈夫的。」

「我自己就是我的丈夫。」她冷冰冰的走開了，繞到安樂椅上坐下，我非常快活而興奮，我追過去，跪倒在她的座前，我說：

「那麼，讓我愛你，讓我做你的丈夫，讓我使你快樂，幸福，讓我在人生途上安慰你，陪伴你……」我說時望著我前面的她，在男裝中她更顯示著眉宇間的英挺，沒有一絲溫柔與婉約。

她一聲不響地看著我，我說：

「我愛你，這不是一天一日的事。我還相信你是愛我的。」

「但是，」她說了，聲音堅決得有點可怕：「你是人，而我是鬼。」

「你又是這樣的話。」

「這是事實，是我們不能相愛的事實。」

「假如你真是鬼，那麼愛，讓我也變成鬼來愛你好了。」我說著，安祥地站起來，我在尋找一個可以使我死的東西，一把刀或者一支手槍。

「你以為死可以做鬼麼？」她冷笑的說：「死不過使你變成死屍。」

「那麼你是怎麼成鬼的？」

「我？」她笑了：「我是生成的鬼。」

「那麼我是沒有做鬼的希望了。」

「是的。」她心平氣和的說：「這所以我們永不能相愛。」

「……」我沉默了，坐在沙發上尋思。

「那麼難道我們做個朋友不好麼？」

「朋友，是的。但是我們一開始就不是朋友的情感。」我的心平靜起來，一種說不出的空虛充實了我的胸脯。

「但是你說過，假如我有丈夫，我們間可以是一個朋友。」

「但是你的丈夫只是你自己！」

「是的。」她說：「所以我們間可以是朋友。」

「這是不可能的。」

「那麼你要怎樣呢？」

「我？」我說：「假如我倆真不能相愛，那麼最好讓我永遠不再見你。」

「是的。」她帶著微喟似的說：「這是一個最好的辦法。」

「……」我不再說什麼。

「……」她也沉默了。

整個的宇宙靜寂了，我只聽見房中的鐘響，胸口的心跳，還有是我們不平衡的呼吸。

她抽著紙煙，似乎只注意她口中噴出來的煙霧，但是對著這紛亂的煙霧我可分別不出那些是我噴吐的，那些是她的。

半晌，她站起來說：

「現在你該回去了。」

「是的，我該回去了。」我也站了起來。

「換你的衣服去吧。」她說著踱到鋼琴邊去。

當我在套間內換衣服的時候，我聽見外面鋼琴的奏弄，我不知道她奏的是什麼曲調，但是這種有魔的聲音裡，充塞著無底的哀怨與悲苦，要不是象徵著死別，也一定是啟示生離的。於是我就在這音樂中緩步出來，我獨自低著頭向外門走去，走完了地氈，我回過頭去說：

「那麼，再會了！」

「那麼，」她站了起來：「那麼你還想再見我麼？」

「要是我們間永遠有難越的距離，那麼我想我會怕會見你的。」

「朋友是我們最近的距離。」她低下頭，用手掠她的頭髮。說：「這是沒有辦法的，你是人而我是鬼。」

「那麼，再會。」我跨出了門檻。

但是她送在我的後面，送我下了樓梯，送我到門口，她說：

「再會。假如你肯當我是你的朋友，任何的夜裡我都等著你。」

門在我身後關了，我才注意到我所站的土地與周圍。天色有點灰亮，村屋現著參差的輪廓，為剛才的雨水，碎石砌成的道路雖然潮濕，但很乾淨。沒有碰見一個人，我彳亍地順著街路向右走著。三四個彎以後，已到了村口，有微風掠過我的臉，我似乎清醒許多。田野是灰綠的，星點已疏稀了。我驟注意到東方天際的微白。

那麼我為什麼不等到天明了才走，看她是鬼呢還是人？這一點後悔，使我在田野中彷徨不知去向，最後我還是折回去了。

門深閉著。我敲了許久，無人來應。附近的人家有雞在啼，使我悟到這該是她就寢的時候了，而她的家人一定還沒有起來，那麼我為什麼要驚醒她們的好夢呢。

於是我決計先在附近走走，再打算來看她。但是向左看去，小巷曲折，為怕摸錯路門，我於是拿筆在她的屋門上做個記號，記得那時我袋裡正有一支紅藍鉛筆，我就隨便寫了「神祕的生命」五字，遲緩地向左手走著。

天色已經亮了，街頭也有一二農夫出來，我一路記著轉角的地方緩步走著，大概有一刻鐘的工夫，慢慢碰見了更多的人，再轉兩個彎，我穿到一條比較寬闊的街，兩面有些鋪子也都開市了。

我揀定了一家茶館，又到附近買了些燒餅油條進去，於是我在面對街道的座位坐下，喝著茶吃著我手頭的食物，望著街上漸漸加多的人群，想著我一夜的際遇，一種難以抵抗的倦怠襲來，我不禁閉起眼睛伏在桌上睡著了。

醒來太陽已是很高，茶館裡的人也多了；我回憶昨夜的事正如夢中度過一樣，我這時忽然想起許多筆記裡的故事，夜裡鬼所幻的房子，在白天裡看來會就是墳墓的。於是我立刻興奮起來，叫了兩杯燒酒喝了，付了錢，匆匆走出茶館，向著我來路走去。那時我的心跳得非常厲害，呼吸也很迫促似的，想著這所我昨夜受過痛苦，享過溫存，露過笑容，流過眼淚的房間現在是墳墓呢，還是房屋？那麼這也判定了她到底是人呢還是鬼？

我匆匆走著走著，終於到了那條小巷。遠望那堆屋依然好好地立著，難道我走近去會變成墳墓麼？我心跳得更厲害了，腳步也放得更快，我注視著那所房屋奔了過去。

的確不是墳墓，我留下的紅字也還在，那麼一定是沒有弄錯了。於是我大著膽子敲起門來。大概不下一刻鐘吧，還是沒有人來應門，她自己即使甜睡著，那麼她的家人呢？

她的家人，是的。我想還是把煙斗留在門口地上，問起我時，可以將尋煙斗作個理由到她的房內去，在遍尋不著以後，那麼在出來的時候，不妨驚奇地說：「原來是掉在門口呀！」的。

我於是把煙斗拋在地上。再敲那門。

門還是沒有人開，但是鄰近的兩扇大門開了，出來一個約有六十歲的老婆婆，耳朵有三分聾似的，大聲的問我：

「你幹麼？」

「我，我敲這家的門呀！」

「這家的門？」她惱怒地說：「這門就是我們的。」

「那麼，好極了。」我說：「請問，老婆婆，我找你們裡面住著的一位小姐。」

「先生，你算是尋哪一家。」

「我說那裡面住著的一位小姐。」我指指那小門說。

「那扇門？」她笑了：「那是我們經年都不開的，有人都從這裡進出。」

「那麼這小姐就住在你們這裡的。」

「我們這裡，沒有小姐。我在這裡住了快四十年，可是一直沒有看見過你。」

「不，老婆婆，我要拜訪一位你們的親戚，住在朝東樓上的小姐，常常穿黑衣服的小姐。」

「先生，我耳朵不很好，你不要同我講得太嚕嗦，請你只告訴我你要問姓什麼的人好了。」

「啊……啊……姓，姓……姓鬼的。」我從來不知她倒底是姓什麼。

「什麼，姓鬼的？百家姓裡也沒有姓鬼，你別是見鬼了吧。」

「老婆婆，我實在沒有弄錯，你們這裡……」

「先生，我在這裡住了三十多年還不知道麼？我們這裡沒有別人。」她說完了要關門，可是我早已把一隻腳同半個身子放在門內了。

「你別處去問問看，別耽誤人工夫了？」

「老婆婆，我不瞞你說，她的確住在這裡，我昨天晚上還來過的。」

「你別是瘋了，你要看的是小姐，你又說昨天晚上來過。假如真是住著小姐，晚上也不許你來；假如你昨天晚上來過，你現在還來作什麼？」

「我有東西忘拿了。」

「什麼東西？」

「一個煙斗。」

「煙斗？那不是在那門口的地上麼？」這位老婆婆耳朵雖聾，眼睛可亮，她好像捉住了我祕密般的指那我放在地上的煙斗：「我說，你先生太糊塗了，煙斗掉在路上，人家門口，怎麼說是掉在人家小姐房裡呢？幸虧碰著我老太婆，要是別人，你看，你的話是多麼犯忌呀，人家打你耳光，你都沒有話說的。」

我還有什麼話可說，我氣一餒，腳一伸，她的門已經碰的關上了。

我拾起煙斗踱出了這個村莊，踱過了田野，踱過街道，我像失了什麼似的，不想會見一個熟人，不想回家，我不知道怎麼打發這一天的光陰的。一直到夜，大概是十點鐘的時候，我雇了一輛車一直到那個村莊的左近。因為那裡的小路不能夠通車，所以我必須步行過去。

到了她的門口，我先敲那個小門，我很怕敲不進去，可是出我意料，沒有打一二下，就有人來應門了。

應門的竟是她，她沒有說什麼，伴著我一直到她的房裡，非常大方的讓我坐，說：

「那麼你真的肯當我是你的朋友了。」

「……」我沒有說什麼，只是想著她是鬼還是人的問題。

「假如你的感情還不能當我是你的朋友，我望你隔一些時候再來看我。」

她也坐下了，說。

「假如永遠改變不了我的感情呢？」

「那麼我只好請你永遠不要來看我了。」

「假如你真是鬼，那麼我一定遵從你的意志。」

「我的確是鬼。」

「但是白天你的房子並不是墳墓。」

「啊！」她笑了：「你這樣相信你的故事麼？鬼的住所一定是墳墓麼？」

「……」

「那麼你白天裡是來過了。」她說：「你碰見什麼沒有？」

「我碰見一個老婆婆，他告訴我這裡並沒有你這樣的人。」

「是了。」她站起來，走到我的面前說：「那麼你還不相信我是鬼麼？」

「……」我沉默著。

半晌，她抽著煙，又說：

「好了，現在我希望你不要再想這些問題，也不要再提起這些問題。我希望我們倆好好地做個真正的朋友，時常談談說說不是很好麼？」

「……」我還是沉默著。

「請你先允許我這個請求。」她說：「那麼我們可以談些快樂的事情。」

「好的，我允許你。」我低著頭說：「但請你告訴我你是沒有丈夫的。」

「沒有。」

「將來呢？」

「自然永遠不會有。」

「那麼我永遠可以這樣做你的朋友。」

「自然。」她說：「但是只是朋友。」

「好的。」

她忽然伸出手來，我立刻同她握手了。她說：

「現在起大家再不要自尋苦惱，我們過我們快樂的友誼。」

「是的，我遵從你。」

她沒有說什麼，窗外月色很好，我們大家沉默了。沉默了半晌，她說：

「那麼請你把空氣換換吧。」她向鋼琴走著：「我來奏一曲琴你聽吧。」

她在奏琴，我站起來到窗口望窗外的月光，我的心不知為什麼總是凝結著。

曲終了，她悄悄的過來，在我的肩右站了一會，最後她說：

「你怎麼不能換去這種自尋苦惱的空氣呢？」

「我已經答應了遵從你的意志，不過這不是立刻可以辦到的事，但是我想我就會自然起來的。」

她忽然對著窗外說：

「外面月色很好，讓我們到草地上去散散步吧。」

我沉默著，無異議的跟她下樓，從過廊中穿到草地去。

在草地上走著，我還是同剛才一樣迷惑，我脫不下心頭的重負。我心裡有兩種矛盾，一種是我立志要遵守對她諾言，同她做個永久的朋友，但是我對這友誼還是不能夠滿足；另外一種是我還不相信她是鬼，可是我又信仰她對我說的事實，因為在事實上看來，她對我一定不是沒有一點感情，而且她的確並沒有丈夫，那麼除了相信她是鬼以外，似乎沒有理由可以說明她要同我保持這樣的距離。沒有這樣的感情可以使一男一女維持著友誼的，但是她要這樣做！這兩種矛盾，使我的態度改變不過來，我始終不自然的在沉默之中，只有一二句無關輕重的話，瀉在這白淒淒的月色之中。

最後我們又回到她的房間裡了，吃一點茶點，時候已經不早，我忽然有所感觸似的，到她書房裡，我在假作看書的當兒，把我袋裡一隻Omega的錶偷放在書架上面一本《聖經》的旁邊。

東方微白的時候，她叫我走，我說：

「為什麼我不能在這裡等候天亮呢？」

「這因為我是鬼，白天於我是沒有緣的。」

我不再說什麼，悄悄地出來；但是我並不回家，又到昨天休息過的茶館裡打個瞌盹，在太陽光照著人世的時候，我又去闖她的門，但是許久沒有人開，於是我又去敲那天老婆婆出來的大門。

許久許久有人來開門了，是一位五十歲左右的僕人，我就說：

「我想見你們的主人。」

「我們主人？你見他作什麼？你認識他麼？」

「我同她做朋友好久了。」我心裡認為她是這屋的主人。

「那麼，我怎麼老沒有見你過。」

「對不起，你到裡面去替我去回一聲就是了。」

於是他進去了，不一會他同一位六十多歲的老紳士出來。

「他來看誰的？」老紳士看看我，問他的僕人。

「他說同你是老朋友。」

「同我是老朋友？喂，先生，你到底是找誰？」

「我找住在你們這裡的一位小姐。」

「小姐？我們這裡並沒有小姐。」

「實在不瞞你老先生說，她是我的朋友，她告訴我她就住在這裡西面的樓上，而且我樓上也去過，我記得我一隻錶還忘在那面一隻書架的上面。」

「我們這裡實在沒有小姐。」

「那麼那西樓到底作什麼用呢？」

「空著。」

「老先生，請你詳詳細細告訴我好不好，我絕不是壞人，而且同那間房子的小姐是朋友。」

「的確空著，不過以前是住過一位小姐，現在是死去有兩三年了。」

「她什麼病死的呢？」

「她是肺病死的，顆粒性肺結核，來不及進醫院就死了，現在我們把這房子空著，留著，紀念著她。」

「不過，我實在最近還見過她，她愛穿黑的衣服可是？愛吸一種叫Era香煙可是？」

「是的，可是這是她生前的嗜好了。」

「這間房子，老先生，可以讓我進去看看麼？」

「你要看看？」

「是的，老先生，我是她的朋友，我記得我是來過的。中間房間很大，左面是間書房，右面是間套間，是不是？家俱都是紅木的，靠書房前面有沙發，近套間門前有一架鋼琴是不是？……

「什麼都是，可是帳子是白的。」

「白的？」

「等她死後，我們怕帳子弄髒，所以才套一個黑套子在那裡。那麼你一定不是她生前來過的了。」

「老先生，不要這樣細究我，我是她的朋友，這是一句真話，無論是她生前或是死後，我只想到那間樓上去看看。請你允許我吧！」

這樣總算得了他的允許，一同登了樓，門開進去，屋內陰沉沉的，的確好像久久無人似的，但是我將我昨夜以及前些天夜裡所坐過，所看過，所用過的種種撫摸了許久許久，我起了難解的驚異。忽然我到了書房裡望那紅木的書架，用很迫急的調子對那老紳士說：

「你相信不相信，在那書架上的《聖經》的旁邊有一隻錶，這只錶正是我的，後面還刻有我的名字，而且，而且現在還在走。」

我說得很興奮，可是老紳士和緩地說：

「這是不可能的，先生。」

我把空手給他看了，再伸上去，但是的確沒有，我摸了許久，頹喪地把手放下來。

老先生並不希罕，拍拍我的背說：「你真是太動情了，就算你有錶在這裡放過，現在也是多年了，銹了，壞了，你看像她這樣的人都死了，錶還能不停的麼？」

「老先生，請你告訴我，她是你的什麼人呢？」

「總算是我女兒！唉。現在什麼都依你，你也看過這房子，我們下去吧！」

我被邀下樓來，被送出門外，我們間大家都沒有說一句話。我悵然不釋地回家。

到下一個所約的夜裡，她於我臨別時把錶交給我說：

「上次你把錶忘在這裡了，我替你開著，現在還在走呢！」

正常的友誼我們從那時開始，雖然我對她的愛戀並不心死，但是我在這樣友誼之中，的確已感到非常快樂。這樣過了一年，一年中我們沒有談到友誼外的情話。一直到有一夜，不知怎麼說起的，我忽然說：

「鬼，（我現在叫『鬼』字，好像是叫『親愛的』一樣的親熱而自然。）我們的約會可不可以改到白天？」

「白天？你以為鬼在白天可隨便同人交往麼？假如你覺得夜裡常常這樣來是辛苦的，那麼，你可以一個月或者半個月來一次，再或者是兩個月來一次。」

「不過你曉得我在愛你。」

「你又說這句話了，這句話總是屬於人世的。假如人可以同鬼戀愛，那麼也可以同狗同貓戀愛了。」

「有的，人世間常有這樣的事。記得春秋時有衛靈公，不是愛鶴同愛姨太太一樣麼？」

「不過這是無意識的，同時是屬於精神的。」

「那麼我們的相愛難道一定要……」

「屬於精神來說，我也愛著你，不過既然屬於精神，說在嘴裡就有點離題了。」

「但是這些話都空的，愛鶴的人都把鶴像姨太太般坐在車子裡滿街招搖。」

「那麼你，你知道，這是唯一的人，在我的房裡隨便的進出。」

「不過……」我說著就把頭向著她的頭低下去。她是坐著的，這時候她站起來避開我，她說：

「用這種行動來表示愛，這實在不是美的舉動。你看，」她於是用鉛筆在紙上畫了兩隻牛兩隻鴨的接吻，說：「你以為這是美麼？」

我笑了，我說：

「不過，你知道，在人世中不一定一切都要美。現在我深感到整個的人世間決沒有一個人像你一樣令我傾倒的。所以如果無害於你精神與肉體，為什麼我們不能結合呢？」

「這是一個大笑話！」話其實有什麼可笑，可是她笑了。於是夜又平淡地過去。我陷於極不自然的情感中回來。

這不自然的感情使我幾天不敢再去看她，我在那時候會見了一些久未會到的親友們，但是——

「你瘦了？」朋友們都對我這樣說。
「你枯瘦了！」親戚們都對我說。
「你怎麼變成這樣了？」父老們都對我說。
我想起聊齋上許多人被鬼迷的故事。但是她可沒有迷我，而我還是不確信她一定是鬼。我想我的憔悴枯瘦或者只是熬夜的緣故，所以我並不想因此同她斷絕友誼，但是我的不自然情感已使我不能有這種友誼，我不得不向她求友誼以上的情愛。
幾次失敗以後，我忽然病倒了，這病還不十分要緊，但是醫生勸我要注意自己。在病中清靜的床上想想，覺悟到這樣下去總不是辦法，除了我同她結合以外，只有完全忘記她。現在前者既然沒有希望，那麼只有不再去看她了。
這，事實上我在病後是實行了，可是我的心始終惦念著她。我無法打發我這份情緒，我開始在凡庸的都市裡追尋刺激：痛飲，狂舞，豪賭，我把生命就在那些刺激裡消耗。
這樣有一月之久，我似乎什麼都感到乏味了。我常常想再去看她，但終於抑制下來。可是有一次我在一個酒吧間喝酒，醉得一點不省人事的時候，恍恍惚惚的登上一輛汽車，我想不起我曾否告訴過車夫地址，大概是我下意識在醉中活動指揮了他，他竟將車子逕駛到那個村莊的面前。
我忘了我是怎麼跳下車，怎麼到她的家門，怎麼樣敲門的，我只記得我踉踉地跟她登上了樓，在她的房內的沙發上躺下了。

冷手巾在我的頭上，檸檬茶在我唇邊，我清醒過來，是她在我旁邊，沒有說一句話，用一種陰冷而親切的眼光望著我。我說：

「我怎麼又到這裡來了？」

「都是我的不好。」

「不。」我想支起來說：「是我不好，我是什麼都變了。」

「但是還把我作你的朋友。」她又說：「你還是多躺一會。」

我感到頭暈，依照她下半句的話躺下了，我回答她上半句的話說：

「不。為此，我要忘掉你，我墮落了。」

「那麼為什麼還來看我呢？」

「我不知道。」我說：「我醉了，不知道是魔還是神把我指使到這裡來。」

「唉！」一聲悠長的嘆息以後，她沉默了。

我在沉默之中享受她對我的看護與友誼，最後我閉著眼睛入睡了。

不知隔了多少的辰光她叫醒了我，告訴我天已經亮了，她已經為我叫了汽車等在村口，我起來，她用一條純白的羊毛氈子，披在我的身上，扶我下來，一直送我到村外。

我上車的時候，她說：

「煩惱的時候，請帶著你的友誼來看我，讓我伴你喝酒。」

這樣，我放棄了一切無聊的刺激，我放棄了不去會她的決心，我在無可奈何的情緒之中，將我心底的情愛昇華成荒謬的友誼而天天去訪她。

一種新的節目充實了我因抑鬱而空虛的情緒，那是對坐在燈下乾我們桌上的酒杯。日子悄悄地過去了，我除了醉時有一點慰藉以外，整個的心靈像浸在苦液裡一般的，沒有人知道我心靈過著什麼樣的生活！

這種蘊積在心中的哀苦，使我性情變成沉默，面孔變成死板。在一切絕望之中，我唯一的希冀是想證明她不是鬼而是人。所以在有一天夜裡，我在她房內恣意地飲過了我力量以外的酒量，我整個地失了知覺，在沙發上躺下了。我希望我在陽光中醒來，看她是否還在我的身邊。

但是一覺醒來，窗外的陽光正濃，院裡夾竹桃的影子直壓在我的身上，有似曾相識的聲音在門外；原來我正躺在自己的寓所，我起來，問寓所的僕人才知道天微明的時候一個穿西裝的少年送我到門口的。

我正在思索那位少年是誰的當兒，僕人拿進了一封淺紫信封的信來。封外的字跡使我意識到一定是她寫的，我的心突然緊縮了，在我胸中像急於跳到人世般的跳躍。

我急忙的撕開那信封，先入我眼簾的是兩張照相，一張是全身，一張是男裝的半身。信裡寫著這樣的話：

人：

為你的健康與正當的生活，我陪你到你的寓所後，就離開這個古舊的寓所了。這一次旅行的地點與時期都沒一定，他日或者有重會的時候，但是我希望你對我有純正的友誼。假如你肯聽我的勸告，那麼也去旅行一次吧，高山會改變你被我狹化了的胸襟，大川會矯正你被我歪曲了的心靈，如果我的友誼於你有用的話，二張古舊的照相你可以帶著。再會了，祝你：好。

鬼

我讀完這封信自然茫然所失了，但是這種完全空虛的心境抬頭的時候，使我冷靜地分析到她的行動。起初我疑心她是撒謊，她或者還住在那裡，後來我覺得這是不會的。那麼她為什麼要旅行？正如她所說的是為我的健康與正當的生活麼？是的，但是最究竟的或者還是對自己情感的逃避。這時候使我頓悟到她內心的痛苦是有過於我了。因為我對於自己的愛，可以無底的追求，而她則只能無可奈何的迴避，其中痛苦的分量我同她是難以比擬的。我可以對她傾訴，而她則沒有一個人可以談及，只能幽幽地埋在自己的心中。

這樣想時，我的心開朗了，我對她有一種遠超過哀憐自己的同情，雖然空虛，但不再為我的抑鬱所縛。我決定接受她的勸告，到遙遠的山水間去洗濯我自私的俗念。

兩個月的旅行生活的確使我心境開朗安靜不少，但我無法停止對她的思念，在湖邊山頂靜悄的旅店中，我為她消瘦為她老，為她我失眠到天明，聽悠悠的雞啼，寥遠的犬吠，附近的漁舟在小河裡滑過，看星星在天河中零落，月兒在樹梢上逝去，於是白雲在天空中掀起，紅霞在山峰間湧出，我對著她的照相，回憶她房內的清談，對酌，月下的淺步漫行。我後悔我自己意外的貪圖與不純潔的愛欲，最後我情不自禁的滴下我脆弱的淚珠。

最後我回到了上海，多少次都想去探訪她，但是我似乎失去了勇氣，因為我私信有一種不可壓抑的情熱會在她的面前潰決的。

可是，在我到上海一星期以後，大概是星期日的上午吧，被幾個朋友拉到龍華去探桃花。我忽然想到今晚有去探訪「鬼」的必要，所以在傍晚他們要回來的時候，我託辭留下了。

那時候辰光還早，我又回到寺裡盤桓，不意出來的時候，看見一個尼姑從一二丈外走來，她的行動，我似乎熟識似的，引起了我的注意。果然她越走越近了，我不禁大吃一驚，原來她就是「鬼」！我於是躲在不識的人叢中等她過去，在一丈的距離後追隨著她。跟她進了村落，跟她轉彎，跟她到了她的門首。正在她開門進去的當兒，我趕上去搶進了門。我說：

「你怎麼在白天裡滿街去跑去。」

她吃了一驚，可是隨即她就嚴肅莊重的鎮靜下來，她平靜地上樓，我就跟她上去。她把帽子脫去，可是裡面還有一頂緊帽，她走進套間，換了衣裳出來，極其遲緩地問我：

「你什麼時候追隨我的？」

「你沒有看見我在許多人中間嗎？」

「鬼是不注意人事的。」她非常遲緩的說，眼睛俯視著地上。

「今天你必須告訴我你是人。」

「但是我的確是鬼。」她抬起頭來，帶著一種無限誠意的眼光來回答我，用這個眼光撒什麼謊都會成功，可是這個謊實在太大一點。固然我仍有幾分動搖，不過我還是說：

「我不會相信你的撒謊了。你是人！你起初不讓我知道你的家，我以為你的家是墳墓，可是當我發現你的家時，你又叫別人故弄這些虛玄。後來你說白天不能入世，可是今天，你必須承認你是人。至少對我你必須承認，你實在騙我太厲害了。」我那時情感很激昂，話說得很響亮，很急燥。

她先伏在椅背上哭了，於是她說：

「為什麼你不能原諒我呢？一定要說我是人，一定要把埋在墳墓裡的我拉到人世上去，一定要我在這鬼怪離奇的人間做凡人呢？」

我第一次看見她哭，第一次聽見她用這樣的口吻！半感傷半憤激的口吻——說話，我感動得跪在她的面前：

「因為我是凡人，而我愛你。」

「但是我不想做人。」

「今天不是說這些話的時候了，請你不要感傷；告訴我，到底為什麼你要把自己算作了鬼，離開了人世而這樣地生存呢？」

「我不想回憶，不想談。你走出去！以後請不要來擾亂我，這是我的世界，我一個人的世界。」這句話已經沒有感傷的成份了。

「但是，我愛你，我在人世上不知道愛，而現在，世外的你把我弄成瘋了。」我說話有點顫動，因為我心在跳。

她這時突然冷下來，一點憤激的情調都沒有了，微微的一笑，笑得比冰還冷，用雲一般的風度走到桌邊，拿一支煙，並且給我一支：

「人，抽支煙，平靜點吧。不要太脆弱了。」她替我點了火以後，一口煙噴在我的臉上，她忽然走到窗口去，嘴含著煙，我看見一口煙像靈魂一般的飛出了窗口飛上天去，她的手已經把深厚的窗簾放下來了，於是她又放另外一處，等房間變成了黑漆，她緩緩地在沙發上坐下來。這沙發後面是一盞深黃色的燈，她一回手就發出光來，於是她說：

「假使我是人，你也應當相信我立刻可以變成鬼，即使是你所想像的鬼。」我看見她手是正顛弄著一把發光的小劍。——這劍常常看見而拿到，往日我只當它是件美術品，今天我才知道它也是兇器。

「假如環境或人力不許我自己承認為鬼，它可以立刻使我成鬼。人與鬼原只有隔這一點。」她的話非常陰冷犀利，深黃色燈光照著她的臉她的手以及手上的劍，還有是沁人心胸的眼睛，在我的眼前發出逼人的聲色，我嘴上的煙不自覺的掉了，神經似乎迷失了，這一剎那，我突然意識到，那裡面是包含著巫女的魔術，或者是催眠術的技術的。我眼睛離開她眼睛看到她的腳，我倒在她的腳下，我還想著：「或者她真是鬼，即使是人，至少她有點魔術。」這樣大概有一分鐘之久，我的意識才比較清楚一點，頭腦也比較理智起來。

「讓我們同過去夜裡一樣，你去坐在那裡。把心境按捺得同環境燈光一樣靜，我們談些離人世較遠的東西吧。」她忽然放下了小劍，平靜地說。

「那麼你先告訴我，為什麼你要離開人世而這樣生存？為什麼明明是人，而要當作鬼呢？又為什麼不允許我來愛你？」這時我已經立起來，把那小劍握在我的手中，我說這句話的時候，是用整個的精神集中在眼睛上來注視她的。

她那時的目光避開我了，把頭低下去，頭髮掩去了她的臉，沉靜著大概有抽半支煙的工夫。這使我不得不坐在她對面的安樂椅上，但是我的手肘支在膝上，身子傾在前面，眼睛還是注視著她，她與我的距離大概不滿二尺，我兩手敲弄著這半尺長的小劍，等她的回答。

「自然我以前也是人，」她說：「而且我是一個最入世的人，還愛過一個比你要入世萬倍的人。」

「那麼……？」

「我們做革命工作，祕密地幹，吃過許多許多苦，也走過許多許多路。……！」她用很沉悶的調子講這句話，可是立刻改成了輕快的調子：「人，我到要知道你到底愛我什麼？」

「愛是直覺的。我只是愛你，說不出理由，我只是偶像地感到你美。」

「你感到我美；那你有沒有冷靜地分析你自己的感覺？到底我的美在什麼地方呢？」

「我感到你是超人世的，沒有煙火氣；你動的時候有仙一般的活躍與飄逸，靜的時候有佛一般的莊嚴。」

「但是假如你所說的是真的，這個超人世的養成我想還是根據最入世的磨練。」

「……？」我聽不懂她的意思。

「我暗殺人有十八次之多，十三次成功，五次不成功；我從槍林裡逃越，車馬縫裡逃越，輪船上逃越，荒野上逃越，牢獄中逃越。你相信麼？這些磨練使你感到我的仙氣。」她微笑，是一種訕笑：「但是我的牢獄生活，在潮濕黑暗裡的閉目靜坐，一次一次，一月一月的，你相信麼？這就是造成了我的佛性。」她換了一種口吻又說：

「你或者不相信，比較不相信我鬼還要不相信的，我殺過人，而且用這把小劍我殺過三個男的一個女的。」於是隔了一個恐怖的寂靜，她又說：

「後來我亡命在國外，流浪，讀書，一連好幾年。一直到我回國的時候，才知道我們一同工作的，我所愛的人已經被捕死了。當時我把這悲哀的心消磨在工作上面。」她又換一種口吻說：「但是以後種種，一次次的失敗，賣友的賣友，告密的告密，做官的做官，捕的捕，死的死，同儕中只剩我孤苦的一身！我歷遍了這人世，嘗遍了這人生，認識了這人心。我要做鬼，做鬼。」她興奮地站起來又坐下，口氣又慢下來：

「但是我不想死，——死會什麼都沒有，而我可還要冷觀這人世的變化，所以我在這裡扮演鬼活著。」

「那麼下面住的是你的父母？」

「不是的。」她突然又變了語氣說：「是我愛人的家，她的父母為他的兒子搬到這裡來的。他同情他的兒子還同情我，所以我可以像他女兒般的搬住在這裡；他們並且還依我的要求，以鬼來待我，而這，現在也習慣了好久，正如他們所說的，這間房子不過是留著已死的女兒一樣。……」她又說：

「現在我在這裡又住了不少年了。起初我從來不出去，每天讀書過日子，後來我夜裡出去走走，再後來我打扮出家人在白天也出去了，我好像在玩世似的。」

我記不起我聽的時候忽漲忽落的心潮，總之在聽完後，我好像長期的瘋癲症一旦痊癒了一般，好像從數年來迷惑我的迷宮一旦走出了一般。眼前都是光明，渾身都是力氣。她那時忽然立起來說：

「人，現在我什麼都告訴你了，我要一個人在這世界裡，以後我不希望你再來擾我，不希望你再來這裡。」她一面說，一面離我遠了，我追過去說：

「但是我愛你，這是真的；我聽你的種種，光明成份比我驚奇成份多，這等於你為我思索得一個久未解決的學理上的問題，我心頭輕了許多，我滿眼是光明，是愛，你是我發光之體，我不要再叫你鬼，我要你做人，而我要做你的人。」

「你要我做人，做個什麼樣的人呢？我什麼樣的人都做過了。」她還用冷冰的口氣說。可是我，或者因為心頭的迷魔已經解除了，我一心是火，一身是熱，我瘋狂一般的說：

「做個享樂的人，我要你享受，享受。在這人生裡，在這社會中，為它的光明，你的力已經盡了不少，你現在的享受也是應該的。我知道你是愛我的，聽我的話，愛，今朝有酒今朝醉！」架上大概是白蘭地吧，我倒了兩杯，一杯給了她，我說：「愛，大家盡了這杯，我看重我們這一段人生，這一段愛，我們要努力享受一段的快樂。」

當她乾杯的時候，我的唇已經在她的唇上：一種無比的力與勇氣我感到，這個吻到現在還時常在我唇上浮現著。但是就這樣一個吻呀。我說：

「告訴我，你愛我。」

「或者是的，我想要是不，我的生活不會讓你接近的。現在你去，我心靈需要安安靜靜耽一會。」

「那麼以後怎麼樣呢？」

「以後麼？你明天晚上來，讓我有一點精神同你再談。」

我看她把身子斜倚到床上後，我就出來了。

這一夜又一天的時間我不知道是怎麼熬過的，我的心與我的四肢，以及我全身的細胞，都沒有一分鐘安定過。我幻想將來，計畫將來，我想到同居，我想到旅行，想到生活，想到久久的以後，茫茫的未來。一到黃昏我就趕去，路上我猜想她今天的態度與打扮，以及說話的語調，我的心好像長了翅膀，時時想飛，好容易熬到了她的家門。

開門的是位女僕，這是很使我驚疑的，我剛想不問她就跑進去，可是她先開口了：

「先生，小姐今天一早就出遠門了。」

「誰出遠門？」

「就是小姐，她有信留給你。」

我心跳得厲害，把信拆開了，可是天色已不能讓我看出字跡。等我拿出我抽煙用的打火燈來，這才把這封信看了清楚：

人：

這一段不是人生，是一場夢；夢不能實現，也無需實現，我遠行，是為逃避現實，現實不逼我時，我或者再回來，但誰能斷定是三年四年。以後我還是過著鬼的日子，希望你好好做人。

鬼

我當時眼前一黑，默然出門，衰頹已極，一心淒涼惆悵，肉體支不住靈魂的重量。不知道到底走了多少路，我就在那路上暈了過去。

我好像迷了途，四周是小街店鋪，但非常清靜，沒有人，偶而有一個人走過，也非常飄渺。我累得精疲力盡，我知道這就是鬼域，但怎麼也尋不出一條路，而且也沒有一個人來理我。當我剛想在轉角處坐下休息一回時，忽然看見了「她」。我立刻說：

「你在這裡？」

「我同你說過我是鬼。」

「那麼，………」

「這裡沒有一條路是通人世的，只有向著天走。」她拉著我像走平地一樣的走上天空，沒有一句話同我說。一剎時，我忽然感到潮濕，感到冷，呼吸也感到沉重起來，我看她披著黑紗般的衣服，我說：

「你冷麼？」她微笑一下，說：

「我不，但我知道你是冷的，因為這是露水，人世是已經到了。」

等我醒轉來時，我迷茫已極，發現自己睡在露水堆裡，一時幾乎想不起一切，好像二三年來的人生都與這個夢絞在一起。我定一定神。這是秋天的光景，有點冷，我無意識地依著相隔好幾丈的一盞路燈一盞路燈地走，我不知道那時是什麼時辰，是半夜還是三更；總之我當時什麼感覺都沒有，記得到上海雇到汽車的時候，天已經亮了，我在車上什麼都不知道，到寓所後就沒有說一句話。但我意識到我是病了，沉重地病了，我就進了醫院。逗留在遠處的家人都趕來看我。

這一場病不是我自己可以述說的，因為我在起初五個星期之中，幾乎完全不省人事，每天說些無稽的夢囈，也許這些夢囈中透露了我心底的祕密，過後大家都來問我的遭遇，我都沒有說什麼；但是友輩之中都謠說我是失戀的結果。十二個星期以後，我方才可以略略起床，開始用飲食代替注射的養料。

我這時立刻又想念到她，我要出院，要知道她的下落，因此故意佯作快復原的樣子支撐起來，但是我竟連半步都不能移動，於是我頹然流淚了，沒有一個人知道我內心的痛苦，醫生以我痊癒的結論來安慰我。但是最後他說我至少需要八個月完全的休養，方才可以出院。於是我的心死了，安靜地聽憑時間的消逝。

這樣一個月過去了，我已經被允許每天可以同人作二個半鐘點談話。就在那個時期，有一個陽光滿窗的早晨，是第一天被允許吃一點易消化的閒食的早晨。我精神非常飽滿地坐在籐椅上曬太陽，看護捧著一束鮮花同一盒糖果進來。

送我鮮花的人天天都有，但是看護從未告訴我過，我因為入睡的時候很多，所以也從來沒有注意過，因為這些人情與恩愛我知道已由我家裡為我領受與記憶。那麼索興等我完全好的時候再知道吧。可是這一次看護似乎要同我說話似的過來了，她說：

「徐先生，這個每天送你鮮花的先生，今天還送你一盒糖果。」

「糖果，他怎麼知道我可以吃了呢？」

「這是他每天在我這裡探聽的，自從你進醫院起，他天天都來探問，天天都帶著花來。不瞞你說，他還送我許多東西，…………」

「這位先生姓什麼？」

「他沒有告訴過我，叫我也不必告訴你他來看你。」

「那麼是什麼樣的人呢？」
「是……………………」
「是不是比我稍微矮一點？」
「是的。」
「是不是有一個非常漂亮的面孔與身材？」
「是的。」
「是不是有一個挺直的鼻子？」
「是的。」
「是不是有一副有光的美眼？是不是一個純白少血的面龐？」
「是的。」
「那麼你為什麼不叫他來看我？」
「他說不必。他還叫我不必告訴你……」
「但是你為什麼告訴我了？」
「因為我感到他有點神祕。」看護說話的時候，眼睛充滿了好奇與驚慌的神情。
這是我第一次注意到那位特別請來看護我的私人看護的容貌，她有一個適度的女子身材，大圓的眼睛帶著深濃的睫毛，鼻子很玲瓏，嘴唇很薄，不夠莊嚴，但十分活潑可愛。我望著她微喟一聲就沉默了。

「徐先生，那麼是我報告錯了？」

「沒有。」我在沉思之中邈然回答了她，但是接著我說：

「你明天不要同他說告訴過我，還是同往常一樣的招呼他。」

她點點頭，這時候我忽然想知道她一點什麼似的，同她談起話來。

她姓周，今年十八歲，是看護學校剛剛出來的學生，所以薪金不很貴，做事自然欠老練，但還活潑，並且有一個無論什麼事容易令人原諒她的笑容。

從這一天以後，我同這看護談話逐漸多了起來，但是談談終又歸到這個天天送我花的古怪的青年，她對此似乎也很有興趣，這在無形之中是比什麼都好的安慰了我病中的寂寞。

日子悄悄的過去，我每天用特別的感情接受，而且時時期望那一束鮮花，周小姐捧進來的時候也特別露著笑容，並且還告訴我這位古怪的青年今天同她說些什麼，或者送她一點什麼，表示對她誠心看護我的謝意。而且三天兩頭有糖果，或者是頭兩天醫生允許我可進的補品與食物送來。而這些都是他從周小姐口中探聽去的。

又是幾個月過去了，我很平安。那天是醫生允許我吸煙的第一天，當我盥洗完畢，早餐用過後，坐在安樂椅上，正想購買一點什麼煙來吸時，我忽然想起Era，同時自然想到了「鬼」。窗外是迷蒙的細雨，我悵惘地望著。這時周小姐帶著笑聲來了，手裡捧著一束鮮花同兩盒Era，我一望就知道又是這位古怪的青年送來的。

周小姐給我一個意會的笑容，她安插好鮮花，把花瓶同Era，一同送在我面前的圓桌上，於是從她內袋裡拿出一封信給我，她說：

「這是他叫我祕密地交給你的。」

「……」我沒有說什麼，把信塞在自己的懷裡。

「這封信連我都不能看麼？」周小姐似乎在等待我拆開它，看我塞進懷裡的時候，她這樣問我。

「我不知道。」我說：「但是等我看過再說吧。」

周小姐走開了，我正想拆信的時候，有別人來看我，這樣一直延擱到夜裡，我的心負擔了一天的不安。

這封信是這樣寫的：

人：

聽見你病倒，我知道那都是我闖的禍。我把遠行計畫延遲下來，為你祝福。現在你總算快復原了，那麼請允許我離開你吧。Era兩匣，這是我們都愛吸的紙煙，我們從它會面，再從它分手吧。還有我雖然走了，花鋪會將我要送你的鮮花每天送你的。另外是千元支票一張，因為我知道你家裡為你醫藥費有點不樂，所以我留給你。你千萬不要為這點介意，我的就是你的。記住：要得醫生允許後方才離院。再會。祝你：好好做人。

鬼

我讀了竟嗚咽地哭了起來，我不知那是愛還是感激，我一直惆悵到夜半，服了兩片安眠藥方才睡去。醒來已是不早，周小姐站在我的桌前，看我醒來了她說：

「他信裡怎麼說？今天他的花是別人送的。」

「別人送來，你怎麼知道是他的？」

「那是同樣的花，還附著一封信給我。」她指指桌上的花說。

「怎麼說呢？」

「他說非常感謝我對你的厚意，說是他要遠行了，每天花鋪會照常把花送來，托我親自轉給你。」

「唔，……」我點點頭。

「那麼他給你的信呢？」

「也是這樣說。」

「那麼他告訴你他的地址麼？」周小姐密切地問我。

「沒有，他是向來不告訴別人行蹤的。」

「那麼，他究竟是什麼樣的人呢。」她坐下了。

「這是一個神祕的孩子！」我惆悵地又滴下淚來，為掩飾這淚，我翻身朝裡床去了。等我恢復這份情感的時候，我看周小姐還愣在椅上。

我很感激周小姐對我的同情，但是我竟忽略了她內心的感情。可是日子一天一天的過去，她時時問我這位神祕青年的音訊。起初我回答她：「沒有。」後來我同她說：「他是不會再給我音訊的。」

在這些日子中，我耽於遐想，說話非常之少，而這位活潑多笑的周小姐也變成緘默而沉悶了。我當時覺得這一定是她小孩的脾氣的作怪，是我的態度影響了這整個的空氣。

…………

最後，我出院的期限終於到了。周小姐自然也不再聘用。臨別的時候她要我的地址，說是她一定要來看我，我因為還沒有固定的寓所，所以告訴她一個我預備先去暫住的親戚家的地址。

我出院後第一件事情，就是到「鬼」家去，我那時總在懷疑那三四年的人生是一場春夢。可是什麼都同我記憶中一樣的存在，青的天，綠的田野，碎石砌成的小路，灰色的房子——我怕敲門時又要遇到什麼麻煩了。但幸虧應門的倒是上次交我信的女僕，她很客氣，但只告訴我她沒有回來。

一個月以後我又去看她，還是沒有回來。那麼到底什麼時候可以回來呢，女僕告訴我沒有一定，至少要兩個月以後吧。

於是又隔了兩月，但是她還沒有回來。我想會會上次遇到過的老先生，但女僕告訴我：老先生老太太都病在那裡，不能見客。

「那麼你們有沒有寫信去通知小姐？」

「沒有，因為沒有地址。」女僕誠懇地說：「我們是從來不寫信去的。」

「她難道也沒有來信？」我悵惘地問。

「沒有的。」女僕也感到悵惘了：「聽說她也許要到秋天才來呢。」

但是秋天到了，她還是沒有回來。

最後一次是四年前的冬天，我到她家時天正下微雪，我幾乎不認識她的家門，因為門上新漆了朱紅的新漆，應門的是一位壯年農夫，這更使我愕然了。

他對我也覺得奇怪，等我問到老夫婦同一位小姐時，他才明白，他說：

「老夫婦先後去世了，小姐葬好了他們，就把房子什麼都賣掉，她自己帶了四箱子書就去了。」

「那麼……」

「現在這主人姓王，我是他的傭人。」

「我可以求你通報一聲，讓我見見你們王先生好麼？你說我是前房主的親戚好了。」

他進去不久，王先生就出來，王先生也是位老年人了，他說的同他傭人所說的一樣。我們這才坐下來。我說：

「王先生，我沒有別種用意，只是想打聽那位小姐就是，因為我是她們的親屬。我說那賣房子是先生同那位小姐親自接頭的麼？」

「是的，有人介紹，後來她親自同我接頭的。」

「那麼她穿什麼樣的衣服呢？」

「啊，很奇怪，幾次都是穿黑色的。」

「她是不是還抽著叫做Era的紙煙？」

「是的，她抽煙，但不知道她抽的是什麼牌子。」他說：「先生，你為什麼打聽這麼詳細？」

「不瞞你說，我這裡是再熟悉不過的，所以我非常關心。那坐西朝東的樓房，是不是有八個窗？窗上是不是都有三層窗簾？左面是間書房，右面是間套間，是不是？家俱都是紅木的，靠書房面前有沙發，近套間門前有一架鋼琴是不是……？」

「那是她們小姐的房間，你怎麼……」

「我們是至親的親屬，我從小就寄養在這裡，後來我出門了好幾年，回到上海後，也常常來，這些傢具還是我佈置的，現在我出門剛回來，那裡曉得伯父母都過世了，所以很想打聽那位小姐的下落。王先生，你知道她上哪裡去嗎？」

「這可不曉得了，可是你！……」

「王先生，請問你現在把那間房作什麼用呢？」

「現在是空著，我的孩子也在外面做事情，大概明年要回來結婚的；這就可以做新房。」

「現在那房間裡的傢具是不是都沒有改動過？」

「是的，先生，我想要改動也等明年了。」

「王先生，我有一件特別的事情求你，實在說，我同這房子有特別的感情，還有巧的是我伯父在世的時候，也曾提起，這幾間樓房給我做新房用的。所以我想求你同意，把這幾間房間租給我一年，讓我住到明年秋天，你們什麼時候要用，我就什麼時候搬出去好了。」

「不過……」

「在王先生方面講，反正房子空著，我一個人來住，也不會太擾王先生的，萬一王先生不相信，我打一個鋪保也可以的。」

「你一個人來住？」

「王先生，是的，沒有別的，完全是我對這房子有特別感情，現在房子屬於先生，想來住一回就是，正如一個人要會老朋友一樣。」

這樣總算得他允許了，三十元一月的房租，我就搬了進來。所有的傢具我都沒有移動。第一天晚飯後我坐在過去常坐的沙發上，開亮那後面黃色的電燈，抽起她送我的Era，我沉入在回憶中了。突然有風吹動窗簾，一絲沙沙的聲音提醒我夜的寂寞，環境的空虛以及月光的淒涼，我有點寒冷與害怕。就在這時候，一種遲緩的沉重的腳步聲突然驚破這宇宙的死靜，我驚奇地站起，這不是怕，是一種期待，我的心跳著，靜待那腳步聲一聲聲的從樓梯近來。

但是上來的是王家的女傭，她說：

「有一位小姐來看你。」

「是穿黑衣服麼？」

「是的。」

「那麼你快請她上來吧。」

女傭下去了，我的心跳著，是快樂，感慨，是一種說不出的甜蜜悲哀與熱望，我不能安坐，也不能靜站，我不知怎麼安排我的心，我的五官與我的四肢。

最後樓梯又響了，我屏息著等待，於是一個黑衣服女子出現了。但是——是周小姐！她雖也曾到我親戚家來看過我，但是怎麼會來這裡呢？

「你怎麼知道我在這裡的？」我問。

「我從你親戚家知道。」

「那麼你為什麼這樣晚來看我？」

「我必須來看你。」她臉上是冷冰冰的嚴肅。

「為什麼呢？」我看她有點可憐，拉她冰冷的手讓她坐下。

「因為，因為………」

「因為什麼？」

「請你答應我你不告訴別人。」她想哭了。

「自然，我決不告訴第二個人。」

「我要知道那個神祕青年的下落。」

「你愛上了他？」

「我不知道。」她大圓的眼睛含著淚水：「但是我為他失眠為他苦。」

「唉……！」我也有點泫然，把頭低下了，想措一句適當的話同她說，但竟尋不出一個字。最後我抬起頭來說：

「他說過愛你麼？」

「沒有。」她濃黑的睫毛掛著淚珠：「但是我竟被他的視線與聲音迷惑了。」

「但是，」我非常堅決而冷靜的說：「我可以告訴你的是……」

「是什麼？」

「你不許告訴第二個人。」我嚴肅地說。

「絕不。請你相信我。」她滿臉是純潔。

「真的？」

「我可以發誓。」她眼也不瞬地說。於是我用死板而遲緩的口吻告訴她：

「他是一個女子。」

「女子？」她驚奇了：「徐先生，你一定騙我了。」

「我為什麼要騙你？」

「為安慰我淒苦的心境。」

「……」我沉默了，想再找一句可以使她相信的話給她，但是竟會沒有。

「女子，不管是女子還是男子，這個對我有什麼關係？我只想會見他，永遠同他在一起，陪伴看他，看護著他。」她純潔而認真地說。

「但是她不知去向了。」

「你難道一直不知道麼？」

「我比你還想知道她的下落。」

「你？」

「自然，她是女子，我為她才有這場大病的。」

「那麼我們永不能會見他了。」這時她好像已經相信了我的話。

「是的。」我說：「但是萬一我會見了她，一定來叫你。萬一你會見了，也一定偷偷地通知我，偷偷地，要不讓她知道來通知我。」

「這自然。」她又說：「但是現在我們沒有辦法了？」

「有什麼辦法呢？」我冷靜地說：「希望你忘記她，你年青，你有你的工作與前途。……」

「……」她沉默了，低下頭，用一塊白色的手絹揩她的眼淚。

月光更深的照進來，沙發後黃色的燈光顯得更弱了，她的面目特別慘白，這使我在想像中把她看成了「鬼」，我有點迷惑，有點醉，有點不能矜持自己的感情。於是我站起來開亮頂上的電燈，房間於是放滿了光明，我拉起她說：

「現在讓我伴你回去吧。」

她默默地起來，同我一同下樓，出門，轉了幾個彎，到了村口，在月光下默默地走著，田野中有點微風，路上沒有一個人，她似乎非常衰頹地靠著我。

一路上大家沒有說什麼，一直到有汽車可雇的地方，我雇了一輛送她上車，看它去遠了，我自己也雇了一輛回來。

這樣我就靜住在那裡每天想像過去「鬼」在這個樓上的生活。我回憶過去，幻想將來，真不知道做了多少夢。

一年容易，等秋天到的時候，王先生留我吃過他少爺的喜酒再走，但是我忍不住心頭的悲涼，我送了一筆禮就搬走了。

去年冬天我是在上海過的。直到現在我總禁不住自己，三天兩頭到山西路的那家煙店去，可是結果我總是一個人吸著紙煙躑躅到斜土路去，到天亮方才回來。可是我一直到現在，再沒有勇氣去訪會王先生他們，去訪會我的故居。

現在是冬，去年冬天我記得清清楚楚，三年前冬天，我也記得清清楚楚，五年前的冬天我也記得清清楚楚，……冬天是重來了，冬天的邂逅是不會再來的。我總在想念她，我無時不在關念她的一切。但是天，在這茫茫的人世間，我到那裡可以再會她一面呢？

寄讀者

親愛的讀者：

今天是二月念九日夜半，我又將「鬼戀」改作完了，預備付印作為三思樓月書第五本的。但是在我擱筆的時候；一種無限的悵惘襲來。使我想到這樣的工作到底是有點什麼意義呢？這是一個我常常自問的問題，無論在寫什麼，即便是一封信或者是一則日記；無論在幹什麼，即使是吃飯，或者是赴約；一問到這個問題，我常常會中途停止了我的進行，頹然倒在我的椅上悵惘起來。所以我永遠有半斷的信稿，沒有繼續一月的日記，每當清理抽屜的時候，我都把這些燒去。現在我在出月書了，我又想到了這個問題，但我覺悟到自己是沒有資格來回答的。我也並不期望批評家的判斷，我只期望朋友的意見。

我有時把我看作一個廚子，盡我的能力將菜燒好了希望大家來吃光。我有時把我看作一個大餅油條或者泥菩薩的製造者，將白紙寫成了書籍，正如將麵粉做成大餅，泥做成了泥人一樣的讓大家來買。假如能夠滿足一些人的便利與餓，一些孩子的一陣笑與快樂，那麼我的力量總算不是白費了。偶而有時也有一些自傲的想像，將自己比作理髮師或者成農匠，使別人從我地方拿去了一個新的打扮，有一點光榮的安慰與滿足，這自然是指思想與感情上說的，當我看到別人為我的文字悲哀與喜悅，我覺到的光榮，正如理髮匠看到自己所理的頭髮在被一個情人撫吻一樣。……可是有時我也會自卑地感到，我的東西會不會像一陣煙囪所噴出的煤煙，是自己燃燒盡了的廢物，在空中彌漫，害別人的呼吸，汙別人的衣著呢？

但是我可以忠實出告訴我信賴的讀者，我在寫作之中，正如廚子與大餅油條泥菩薩等的製造者，正如理髮匠與成衣匠，我忠實於我的技藝，甚於這些的是我更忠實於我思想與感情。在這個時代之中，我再三估量自己低微的力量，我覺得把我關起來寫一點東西，比把我放在十字街頭貼廣告與告示，比較忠實於民族社會家庭所賦我的生命的。於是我這樣試做了，只要身體與精神以及環境時間允許的話，我還要做下去。

月書叫做三思樓，其實只是學學古人的室名而已，三思的意思，自然是根據「三思而後行」的古訓而來，因為生性太重感情，為此常常得罪親友，借此或可自勉一二，那麼三思到底思些什麼呢？我自己的杜撰是思真思美與思善。我願意用這些管束我自己的生命與情感。

現在三思樓月書已經第五本了，為不敢荒廢我自己的精力，我還未寫過一篇序與一段跋，因為我覺得對於自己的文章少說一句話，也就是多留一句話讓別人來說，而別人的話常常會比自己的話來得正確與有意義的。

讓我打住。祝福了。我希望我會不負讀者的期望與指教。

民國廿九年二月三十日晨二十分。

吉布賽的誘惑

獻辭

我未記我身受的苦，
也還未記我心底的哀怨
以及胸中的憤怒，
請許我先記青春消逝的路上，
我是怎麼樣的糊塗。

我還沒有背誦我的耳聞，
也尚未細述我的目睹，
我暫想低訴我在黑夜的山上，
怎麼樣撫摸我周圍的雲霧。

所以請原諒我不告訴你——
在海灘上我寫過什麼字，
還有怎麼樣在潺潺的溪邊，

望著那流水的東逝，
惦念到今與昔，生與死。

那麼讓我先告訴你故事，
再告訴你夢，
此後，揀一個清幽的月夜，
我要告訴你詩。

一九四〇，三，九。

一

「巴黎是世界藝術的淵源，美的中心；馬賽是世界罪惡的淵源，奇的中心。你既然有愛美的欲望遊巴黎，那麼你如果有好奇的欲念，請不要忘了馬賽。」

那時有一位世界的旅行家，聽到我要從巴黎回中國的消息，從遙遠遙遠的南美，寫一封信給我，那是信裡的警句。

當初我去歐洲時走意大利，因而沒有經過馬賽；在法國幾年到過尼斯，到過里昂，到過……獨獨沒有到過馬賽。那次我本來想走陸路回國，但後來決定到馬賽，搭海船了，原因自然許多，但是這幾句警語也是一個重要的因素。

到馬賽時，我袋裡帶著九千法郎，我留七千法郎預備購船票與路上零用，二千法郎預備用在馬賽的，但是三天以後我用去三百法郎還不到，可是整個馬賽可玩的地方都逛遍了。這使我非常失望。

第三天的晚上，我在旅館的飯廳裡用飯，飯後閒坐抽煙，翻翻我帶在手上的幾本雜誌，覺得沒有什麼趣味，正感無聊的當兒，我忽然見到斜對面的桌上，一個濃睫大眼棕膚美麗的女子，用一副撲克牌為一個坐在她對面的衣服整齊的紳士算命。她看看牌，又看看對面紳士的面部，用她微微的唇動在解剖他的命運。飯廳的人很多，都在注意他們。我同他們的距離雖不能讓我聽到那位美麗巫女的話兒，但是她的複雜表情與有光的眼睛使我相信她有看透人家內心祕密的能力。那位紳士微胖，大概四十多歲吧，有副眼鏡架在鼻樑上，虔誠地聽著巫女的斷語，這些話兒居然支配了他，使他忽然悲哀，忽然歡喜，忽然驚奇，忽然大笑，忽然長嘆；最後大概說到他太太的死去吧，他竟脫下眼鏡拿出手帕嗚嗚地哭起來了。

於是全廳的人都被打動，對於這位巫女表示了敬佩好奇的神情，最後，當她算完了那個命以後，有幾個人也要她算。於是那位巫女走到別桌去了。

半個鐘點以後，大概她已經結束那面幾個買賣，回來從我的桌旁走過。我說：

「對不起，太太，你願意坐在這裡替我算一個命麼？」

「自然，替一個異國人算命在我是光榮的。」她說著坐下，毫不客氣拿起我桌上的紙煙，夾在手指間，說：

「你為什麼叫我太太，難道我已經老了麼？」

我劃一根洋火點起她手上的紙煙，說：

「笑話！你怎麼不知道太太都是比小姐美麗呢？」

她噴出一口煙，話就在那煙裡滾了出來：

「但是我是一位小姐。」

「那麼，對不起，小姐。」

她沒有說什麼，只是把撲克牌交給我，叫我洗一下，於是她將撲克牌接去，一張一張依次地翻在桌上並列著，說：

「請你靜想你的願望。」

我照樣做了，她說：

「好，現在你先付我錢，五十個法郎。」

這使我驚奇，怎麼要五十個法郎？但是我從她的美麗原諒起，我於是慷慨地付出了。

接著她開始說我的過去與現在，我也記不起她說的什麼，總之一點也沒有說著，我覺得為寶貴我的五十法郎起見，還是多看她一會來得值得，我覺得她實在美得不平凡，所以我不去注意她說些什麼，我注視她面部的曲線，眼睛的光芒，手的動作以及身子的韻律。

「好，現在完了。」不到十分鐘她說。

「完了？但是一點沒有說著。」

「一點沒有說著？你這樣說，是不是為珍視你五十法郎？」

「不，小姐，」我說：「不過我感到為東方人算命是一件難事。」

「為什麼？」

「因為東方人是不會表情的，你很難從東方人面上看到他內心的祕密。」

「你以為西方人容易麼？」

「是的，尤其是法國人；他們話沒有說出一句，面部與動作已經代說了九句。我想異國人學不好法國話，這是一個原因。比方剛才那位紳士就全身是動作與表情，所以很容易被人看出他的內心所想到的……」

「哈哈……」她笑了，說：「你這人真可愛。」

「怎麼？」我奇怪了。

「你在為我的能力尋理論的辯護。」

我這時覺得她的笑聲對我是一種侮辱，我說：

「不瞞你說，我出五十法郎倒覺得是值得的。」

「假如我的算命不好，為什麼還值得？」

「因為在中國，同一個美麗的姑娘談一席話，有時候需要幾千金的。」

「你這樣同一個陌生的小姐說話是紳士的舉動麼？」

「但是你剛才的笑聲中是不是有對我侮辱的意思？」

「有的，但是說給你聽，你自己也要笑的。」

「那麼，對不起，讓我飯後也笑一場吧！」

「但是你須答應我絕對守祕密。」

「可以，我答應你。」

「說！對著上帝。」

「好。對著上帝，我答應你絕對守祕密。」

於是她把臉靠攏來低聲地說：
「剛才那位紳士，不過是我的幫手，騙點生意罷了。」
我來不及回答，不覺大笑起來。最後，我說：
「他真是一個表情的聖手！」
「也許是的。」
「那麼他為什麼不去做戲子？」
「但是他只會做這個角色，而且有比這個更舒適與接近遊戲的職業麼？」
「職業？」
「自然啦，我們都靠這個為生的。」
「這很有趣，但是一定很清苦。」
「為什麼？剛才一會兒我已經賺了二百多法郎，要是在大的旅館，一次常常在一二千法郎以上。」
「日子多了，難道別人不曉得麼？」
「世界是大的，我們的主顧並不限那一國一地。」
「那麼常常旅行？」
「自然。流浪，自由，這是我們民族的靈魂。」
「你是……？」

「吉布賽。」

「啊！怪不得這樣有趣。不瞞你說，我也是愛自由與流浪的人。」

「那麼你在這裡也是為著流浪？」

「預備回中國去，因為有人告訴我馬賽是最奇的世界，所以預備耽些日子，但是我玩了三天，馬賽已經玩遍，不知奇在哪裡。今夜總算遇見了你，這是奇事！」

「啊！」她又笑了：「這有什麼奇？這是任何地方都有的事，任何時候都有的事。報紙上不是常常用第三人稱的消息作為廣告麼？便藥不是有買者的來函證明麼？都是同樣的玩意，算不了什麼！你好奇，那麼你知道什麼是奇事呢？」

「我沒有見過的聽過的在我都是奇事。」

「那麼這只茶杯難道不奇麼？」

「那是很平常的東西。」

「可是你以前並沒見過它。所以所謂奇雖是過去沒有見過聽過的事物，但過去沒有見過聽過的不一定是奇。」

「那麼你說什麼才是奇呢？」

「奇是世界上第一的事情；第一好，或者第一壞，第一美或者第一醜。假使你想看，我都可以領導。」

「那麼好，你做我領導。」

「那麼你要先看第一美的呢，還是看第一醜的呢？」

「我不懂。」

「不懂，現在我問你：你愛不愛看看世界第一美女。」

「世界第一美女？你是說在馬賽？」我驚奇了。

「不錯，你要不要看？」

「你是不是說你自己？」我笑了。

「假如你以為我是世界第一美女，那麼你不是瞎子，就是從生出來就沒有見過女子。」她嚴肅地說。

「那麼你可以告訴我她在哪裡麼？」

「假如你想去看，讓我帶你去，我替你介紹，我們一同吃飯，怎麼樣？」

「那好極了。」

「但是我職業上的價目是要先付一半的。」

「你是說你做介紹的買賣？」

「是的。」

「那麼多少定價呢？」

「隨事件而定，假如如剛才所說的，你可不許還價，我只說一句，是四百法郎，先付半數。」

我當時一時發戇，想想機會難再，覺得我本來預備著觀奇的錢，看一看世界第一美人倒是值得的。我說：

「好，但假如我不以為她是美人呢？」

「我把定洋還你。」

「好，我相信你。」說完了我就點錢給她。

「但是，告訴你，一切出來吃飯白相的錢是要你付的。」

「那當然，但是你難道也一同白相麼？」

「自然，第一次自然，她又不是妓女。至於以後你想同她怎麼，那不是我的事了。」

這樣我們就約好第二天中午在這裡會面。

二

第二天，我到的時候，她已經在了；她穿戴得非常華麗闊綽，我幾乎不認識她，要是她不先招呼我。我說：

「啊，你打扮得這樣，已經是世界第一美人了，你不要是騙我呀！——叫我來看打扮好的你自己。」

「我怎麼會騙你？你真是從來沒有見過少女。吉布賽的人是浪漫自由，但是買賣是買賣，我怎麼好騙你？」

「那麼你為什麼打扮這樣像一個貴婦人似的？」

「自然啦！你難道不再打扮了？」

「我？我也要打扮？」

「一定要穿禮服，不然是不可能的。」

「但是我……我的禮服不在這裡。」

「那麼買一套或者去租一套。」

「好吧，那麼去租去，你陪我去租去。」

飯後，我們到一家禮服店租一套合式的禮服，穿了出來。她看看我，說：

「啊，現在是非常漂亮年輕的紳士了！這樣才可以博得她的青睞。那麼，我們叫一輛汽車去吧。」

於是我們上了街車，她關照了車夫，我也聽不出是什麼街。車子就駛去了。她忽然嚴肅地對我說：

「話可同你先說明，假如你要鍾情於她，弄得不願意回去，弄得自殺，我可不負責任。」

「笑話！你真是當我小孩子了。不瞞你說，我不是紈袴公子，也沒有錢，看看世界第一美人長長見識就是了，明後天我就去買船票，以後就回國了。」

「那不是流浪者的精神。」
「怎麼？」
「流浪者是熱情的，假如愛了什麼，還管什麼別的一切。」
「但是我怎麼會愛她？」
「這是難說的。」
「不，我可以同你打賭。」
「打賭，真的？」
「真的。」
「那麼打多少錢？」
「這可以隨便你。」
「一萬法郎，怎麼樣？」
「一萬法郎？我囊中也沒有一萬法郎。」
「那麼，五千。」
「五千，好，五千就五千。」
「但是，不許賴。大家是有人格的人呀！」
「自然不賴，只要你……」
「我決不會。你可不許賴，你知道，事情是你便宜，你可以自己做主，我只好服從你。」

「我怎麼會賴？」

「那麼你說對著上帝。」

「對著上帝，我不賴。」

「我也說。」她說著劃一個十字架：「對著上帝，我不賴。」

「好。」

車停了，是一家很大的女子時裝店的門口，她不說什麼就進去，我就在她旁邊跟著她。

於是我們上了電梯，不知第幾層，我跟她出來，我以為是一家戲院——因為一切活像是一個戲院。

許多人已經坐在那裡，許多人在櫃上喝酒，吃糖果點心，許多人還陸續地進來，大家都穿著禮服帶著女子。

她告訴我，這裡吃東西不用錢，於是我就跟著她喝了一杯甜酒。接著我們坐下。

一直到有一位漂亮的少女發給我一本小冊子的時候，我才知道那是時裝表演。

最後，音樂奏起來，幕開了：佈景是一間大客廳，一個非常美麗的貴婦人穿著非常華麗發光的禮服在沙發上坐著看手錶，金剛鑽在手上發亮。

「你是說她麼？」

「夠美了吧！」

「真是世上第一美人，可惜我們坐得太遠了。」

「你等著吧。」

接著一位漂亮的侍女叫出某太太到了。

進來的又是一位穿戴著非常奪目的禮服、首飾的女子，兩個人攀談幾句。那位漂亮的侍女又叫某小姐到了。

這樣上來有十多個人，個個都是了不得的美女，個個都穿著不同的禮服，要在那裡面分誰是第一，誰是第二，我是沒有這個能力的，於是我問：

「你說哪一個是……」

「你等著吧！」

但是幕閉了，音樂也停了。

「完了麼？」我又問。

「你等著吧！」

第二次開幕，臺上是田野的佈景，有二十幾個美女穿著各色各樣的旅行服裝在野餐，大家哄鬧著，後來合唱了三支民歌，最後太陽斜了，教堂的鐘聲響了，大家披上外衣，各駕一輛機器自行車進去了。

「的確個個是世界第一的美女，但是到底哪一個是第一的第一呢？」我實在耐不住，等閉幕的時候又問她。

「你等著吧。」她還是這句話。

第三幕是海濱，第四幕是車站，這些都過去了，我看看都是世界第一的美女，但是哪一個是第一中的第一呢？我沒有法子下判斷。

「你說，」她忽然問我：「那件淡黃色好，還是綠色好？」

「你說什麼？」

「我是說那旅行時裝，淡黃色好，還是綠色的好。」

「我沒有注意，大概都不錯吧？」

「我是說樣子。我想買一套。」

「我不懂，我覺得件件都好，而且個個是世界第一美女。」

「你真是地獄裡的鬼魂初次進天堂。」

「對，我承認，實在我是第一次見到這樣的美女。」

但是音樂又響了，幕開時是輪船上，忽然風浪大作，船上的旅客——大概有三十個美女吧——都吊下小船，跳下去；輪船最後沉了，那些旅客就在風浪中划到一個島上，天已經黑了，大家攏起火團坐著唱起歌來。忽然有一道光一縷歌從遠處飛來，慢慢近了，慢慢響了，是一個仙子，啊！我一剎那幾乎暈了過去。這位仙子穿著雲一般的衣裳，披著陽光一樣的頭髮，在風中飄蕩，像是整個的身體在飛一樣，她招待她們到她宮殿去，於是大家遠了，幕也下來了，歌聲與音樂還在嘹亮。

場中電燈亮了，我還是昏迷著。

「現在你知道世界第一美女了吧？」她站起來問我。

「但是這不是人，這是仙子。」我揉揉眼睛，說。

「唉，你真是孩子，這是佈景，你怎麼當她是真的仙子？」

「假如人，絕不會這樣美。」

「但是你看，這不過是商店的廣告。」

座中的客人都散了。

「怎麼樣？」她問。

「回去吧！」我說。

「你不想同她一同吃飯了麼？」

「這怎麼可能呢？」

「自然可能，我允許你的事一定可能。好，你到對面，」她說著指窗外一家咖啡店：「對面咖啡店等我們，我去同她來。」

她對我笑笑就從走廊穿過去了。我一個人迷迷茫茫下來，看見許多人在買衣帽，我都沒有去注意，迷迷茫茫出了門，進了那家咖啡店，迷迷茫茫地叫了一杯冰淇淋蘇打坐在那裡。

廿分鐘後，她們果然來了，全房間的人都愣了，我更是不知所措。

但是她們已經到我的面前。

「那位是潘蕊小姐，那位是×先生。×先生對於你的美麗已經迷惑了。」吉布賽小姐替我們介紹。

我只同她點點頭，但是她伸出手來了，我於是放大膽子同她握了一握。

大家坐下來，但是我一句話都說不出。

「怎麼？」吉布賽小姐說：「你同我說話的談鋒呢？潘蕊小姐實在不是神，你何必害怕呢？」

我不知為什麼，忽然面孔熱了起來。

「啊！你是不是孩子？大概我的五千法郎終可以勝利了。」

我還是說不出什麼，忽然一縷非常柔和的聲音：

「×先生，你是從巴黎來麼？」

「是的，小姐。」我非常不自然地回答。

我不知道這些時間是怎麼過去的，我一直沉默著，迷迷茫茫地像做夢一樣，出了咖啡店，進了飯館，一直到飯後，我們送潘蕊回家的途中，她對我說：

「謝謝你，×先生，希望再見到你。」

「小姐。」我鼓足勇氣說：「我可以有一個你的住址嗎？」

「自然可以。」她說著，問我要紙筆，我把記事簿給她寫，問：

「允許我來訪問你麼？」

「自然，上午總在家裡的。」她寫好了交還我。

我們間又沒有了話。

「×先生，記住第一我說過一切我不能負責，第二請你不要忘記我們對著上帝的契約。」吉布賽小姐低聲對我說。

我沒有回答，不久汽車停了。

「再會。」車門呼的一聲，世界最美的影子消逝了。

我同吉布賽小姐回來，付清了她介紹的工錢。

三

想著這份最美的印象，一個人在旅舍裡，才知道宇宙是多麼殘缺，混亂。但說我當時就愛上這個最美的女子是不對的。不過我不能忘她則是實情，因為在紛紜的世上，竟沒有一件東西，一個人可以來代替這個印象的位置。

最明顯的理由是我就要離開這塊土地，也許此後終身再不能會見她了，那麼為什麼不趁可能的機會去拜訪她一次呢？

於是第二天早晨，我按著地址到了她家。昨夜我沒有看清楚，原來這是一所華麗的公司。一到門口我可彷徨起來，因為這樣的拜訪在我實在是有點冒昧的。

街道斜對面是一家鮮花鋪，這吸引了我的情緒，於是我過去買了一束華貴的鮮花，走進附近的一家咖啡館，在送花的卡片上寫著這樣的話：

尊貴的小姐，假如你不以為我想會你是一件突兀的事，請到你家對面一百八十六號咖啡店一晤。——這會是我平生最光榮的事件。我用玫瑰花祝你美麗，再用聖母花祝你尊貴。

於是同那一束花一起，我派使者送去了，我自己在一杯咖啡前靜候。十分鐘工夫，使者回來了，帶給我一張字條：

先生：

謝謝你寶貴的花束與祝福，假如這不是太麻煩你的話，允許我在舍間等你，我備著咖啡店所沒有的咖啡。

潘蕊

這樣我非常興奮地進了她家，這是公寓的第二層，包括著大小八間房子，除了她以外只有她的母親，她同我介紹後，她母親就走開了，我們在一間佈置得很華貴的客廳裡坐下。

女傭送來了咖啡，我替她的放好了糖，說：

「你想不到我來拜訪你吧？」

「我想到的。但是不知道你為的是什麼？」

「自然因為你的美。」

「你真感到我美麼？」她說了，眼光直逼著我，我不敢正眼看她，把頭低了下來。我低聲地說：

「是的，小姐。」

「是一種什麼樣的美呢？」

「是一種尊貴高潔與光明。」

「那不是形容人的話，那是對聖母瑪利亞的頌辭。」

「……」我沉默了。

「那麼你就為這份美來看我的？」

「是的。」我真誠地說：「我覺得同你在一起，宇宙立刻變得圓滿、調和與平靜。」

「但是我每天過著殘缺、混亂、矛盾的生活。」

「你？」我驚奇了。

「是的，你不相信麼？」

「……」低下頭，為她的話我有點惆悵。但我沒有說什麼，不自然中眼睛望到了牆上的照相，那是兩個青年的學生。

「你覺得我的兄弟像我嗎？」她說。

「你的兄弟？」

「是的，他們都比我小。」

「不像你。」我站起來在照相前看：「一點也不像你。你還有別的姊妹兄弟嗎？」

「還有一個弟弟。」她說：「連同母親我們一家是五個人。」

談話從那時起，她也問起了我的家庭的情形。不知不覺已經過了兩個鐘頭。我說：

「你可以同我一同去吃飯麼？」

「啊，對不起，今天碰巧有飯約了，不然我要請你在我這裡便飯的。」

「那麼……」我感到很失望。

「假如你有空，明天到我這裡吃飯怎麼樣？」

「那麼明天讓我邀你吃飯。你什麼時候在家？」

「假如是晚上的話，你五點鐘來公司看我可好？」

「好的。」我說著站起來預備去了：「準定明天下午五點鐘。晚飯後希望我還有光榮的生活。」

「請等一等。」她說：「現在同我一同出門可好？」

她進去了，十分鐘以後，換了一套衣裳出來，同我到了門口，我正要同她分手的時候，她說：

「你到哪裡？讓我送你回去可好？」

「你送我回去？」

「是的。」她說：「我有車子。」

她於是拉我同行，到汽車間裡，她邀我上車，那是一輛小型的「雷諾」，她坐在駕車的座上，我坐在她的旁邊，這樣她就送我到旅舍了。

……

依著約會，開始了我們的交遊。日子過去得實在非常容易。我已經忘去我是預備回中國的人了。

四

吉布賽小姐現在也成了我的朋友，時時來看我。她名字叫羅拉，人很直爽可愛，但似乎很貪財，時時問我是否已經愛上潘蕊？我為五千法郎的賭注，始終不承認這件事情。

「那麼你為什麼不動身了呢，要這樣在馬賽逗留著？」

「這只是一個好奇，到馬賽我原是為好奇而來，為好奇而留，那有什麼稀奇？」

「那麼什麼時候你才承認輸？」

「等我對潘蕊有一點愛她的表示時，一句話，一封信或者一個吻。這是你不難知道的。」

像這類的回答已經不知說過幾遍了。我還逗留在馬賽。

事實上，不錯，那時候我已經成了潘蕊的俘虜。

我每天上午去看她，送她鮮花，送她禮物，每天傍晚伴她去吃飯看戲或者跳舞，我們間的感情在無形之中增長，但是我竟沒有勇氣對她表示一點愛情，她在我是一個神，是個神聖不可侵犯的偶像，是純潔而崇高，光明而尊貴。

但是日子一天一天過去了，我手頭的旅費早已用光，向巴黎朋友借來的一萬法郎也將耗盡，這使我內心浸在憂慮淒苦的情境中了。可是我內心愈是憂鬱，也愈是要找她尋點安慰。但一到夜裡，一個人在旅館裡，孤寂地躺在床上，為計算行囊中的錢，想想渺茫的前途，不覺焦急萬分，因而失眠，而憔悴起來，終於我是病倒了。在病中想想，覺得假如我不能向潘蕊表示愛，或者說潘蕊竟不愛我，再或者她愛我，而我竟無法處置她，那麼還不如快刀斬亂麻，再向倫敦的友好，借一筆旅費，趕緊回國為是。

但是潘蕊竟三天兩次來看我，每次來時送我鮮花與玩具，有時候伴我很久，為我整理房中的雜物與衣履，在個性上她是靜默的，愉快的，沒有中國女子的憂戚，沒有法國女子的浮躁；每一次她來增加我對她的愛與信仰，我怎麼能夠離開她呢？

她父親早已死了，家中有一個母親，生活是舒服慣了的，她還有三個弟弟，一個在學農，一個在讀電機，還有一個在中學文科；這整個家庭的開銷，以及三個人可觀的學費，除了她母親可以向政府領一點極微的養老金外，完全是靠她時裝店工作來維持的。那麼假如我們互愛了，我帶她回國以後，難道我來負擔這整個的家庭嗎？

這是，為她為我，都是不可能的。那麼到底怎麼好呢？

在這樣的情形中，情感與理智的衝突已經到了無可解決的時候，病沒有過去，錢已經完了，我於是想到自殺，終於決定自殺了——這正是我會見潘蕊以前，吉布賽姑娘預料我的結局。我已經把安眠藥預備好。

但是就在那天傍晚，吉布賽姑娘突然來看我。

「好了麼？病。」

「總是這樣——微熱，疲倦，頭暈。」

「看過醫生麼？」

「醫生只叫我靜養。」

「那麼到底是什麼病呢？」

「醫生沒有說。我想也許是肺病。」

「有咳嗽嗎？」

「沒有。」

「啊！」她笑了：「那一定是相思病，相思病。」

「是的，的確是愛情病。」

「那麼，好，快給我五千法郎的賭注。」

「是的，我應當給你，但我現在連一百法郎都沒有了。」

「怎麼？你的錢呢？」

「花完了！」

「旅費也在內麼？」

「不但旅費，還有一萬法郎的借款。」

「怎麼花的？」

「沒有花什麼，不過送潘蕊一點禮物，同她一道玩玩。」

「啊！那麼你騙著我，你們早就同居過了。」

「笑話，不瞞你說，直到現在，我還是沒有說一聲愛她，沒有同她一吻的關係。」

「啊！你這傻子。」

「這是你們吉布賽姑娘所不懂的，這是真正的愛情。」

「愛情！」她笑了：「在馬賽講愛情！」

「怎麼，愛情也限地域嗎？愛情不是尋到的，是偶然碰到的，不但馬賽，上海也是一樣！」

「這種中產階級的書生愛情。哈哈……」她又笑了：「最後你只好自殺。」

「也許是的，但是我願意，為她我願意。」

「不過我可以救你。讓我告訴你吉布賽的愛情態度吧。」她抽了一根煙說：「吉布賽的愛情是自然的，一發生了愛，雙方等於酒精與烈火，燒燼了就再會，各歸各去流浪。兩個人化為一體，純潔快樂沒有半點金錢的利害的一切條件。所以從此無論生離死別，各方心身上都保持了對方的情感意志的成分，這就是說，大家的心身都有了變化。走散以後，永遠是美的印象，大家為對方祝福，沒有半點懊悔、嫉妒與隱恨。等他日重會時再愛一場，所以這愛情是永久的。而你們，虛榮地擺闊，花錢，虛偽地假裝純潔……」

「請你不要說了！」我說：「你們這種愛情是動物式的，我曾經在狗在馬的身上見過。」

「你還是固執！」她沉著地說：「我不是同你謾罵，讓我告訴你，愛情在我們是看作蜜蜂採花一樣的；在花是一種新生，在蜜蜂是一種收穫；兩方面都有益的。人類的愛情假如要使兩方面有害，那麼其意義到底在哪裡？你虛榮地擺闊去追求潘蕊，借錢揮霍，以至於病倒；假如潘蕊是愛你的，那麼於她不過拿到你一點禮物，不是愛情；而你已經快死了。假如她愛的是你的錢，那麼你所獲得的笑容溫柔也不是愛情，是一種貨物；假如你想獲得的不過是貨物，那麼只要你交我三千法郎，我當晚可以叫潘蕊睡在你的床上。」

「什麼？你是說潘蕊賣淫麼？」

「是的。」

「現在，老實同你說，我不許你在我的面前侮辱潘蕊，我不過欠你五千法郎，我隨時會給你的；但假如你要這樣侮辱潘蕊的話，我立刻請你出去。」

「請不要生氣。」她坐在我床邊安慰我說：「你實在太純潔了！同一個嬰孩一樣的純潔。

實在不瞞你說，我的話是可以對著上帝說的，而且要證明我的話是件極容易的事情，你立刻，不，隨時都可以試。」

當時我心裡有刀刺一般的難過，當自己認為神的偶像，說不定是男子泄欲的器具時，這失望正是從天堂掉到地獄一般的厲害，我熱淚掉下來，但是我內心還是否認。我興奮地起身說：

「我要試，我立刻要試！你一定為我去辦。」

「但是你要交我三千法郎。」

「啊！你用錢來難我，是不是？那麼你撒謊！」我頹喪地躺下，熱淚不斷地從眼角流到我的耳朵。

「不，親愛的，你是我所見的人中最幼稚天真而純潔的人，我認你是我的朋友，我絕不騙你。你現在沒有錢，那麼你去籌一筆錢來，將我的話證實了，買一張船票就可以走了。不瞞你說，親愛的，流浪是只屬於我們吉布賽人的。我們知道愛情，我們沒有虛榮；我們可以用最簡單的生活，適應我們的貧窮。我們會在貧窮的當中用一隻『吉他』來娛樂；我們會用別人輕視的方法來賺錢，我們肯以坦白的態度做別人認為罪惡的行為。你平常是以達觀、愛自由、喜流浪來自認的；但是你被你過去的教育所束縛，你還被那知識階級對於愛情的理想所束縛。可憐的孩子，回家吧，在母親膝邊過活是你最適宜的。」

「我不愛聽你這些話。」我說：「假如你承認我是你的朋友，那麼請你可憐我，借我三千法郎，我要證實這件事情。這件事情不證實，我心永遠不安。」

「但是這總要等你病好了才好去做。」

「不，不，絕對不，假如你希望我的病好，先要讓我證實這件事，否則不但我病中心不會安，就是我死了心也是不安的。」

「但是不瞞你說，我不但沒有錢可以借你，我還等你應該給我的五千法郎用。」

「你要錢，要錢！你的收入也不算少。你還是要錢，要錢！」

「是的，我的收入不算少，不過你不曉得我的窮朋友的生活，我們流浪在各處街頭的吉布賽朋友，是絕對不讓一個吉布賽人多錢，他們隨時會伸出手來問你要。」

「難道我現在還不窮麼？」

「你看你多麼幼稚，你連窮都不知道。」她又感慨著說：

「你可以問人借一萬法郎，你現在還住著這個上好的旅館，你，你還有這許多行李，書籍，你還有家；而我們吉布賽的孩子，到處行乞，夜裡還餓著早晨的肚子，冬天還穿著夏天的衣服。」

「那麼你有幫助他們的義務麼？」

「不是義務，這是愛！是真正的愛。」

「但是你自己打扮得這樣整潔入時！」

「這完全為我的營業，我是要在上等的地方出入的。」

「……」沒有話說了，我在思索，兩分鐘後我說：

「那麼假如你看作我是你的朋友，無論如何請你替我計畫，今夜，一定要在今夜證實這件事情。」她想了一回，說：

「那麼你願意把你的行李書籍當去麼？」

「好！好！」我贊成地說。

「那麼，我現在就去，當好了我去同潘蕊接頭；再回來看你。不過一定不能讓她知道是你去要她，讓我騙她是一個美國人好了。所以更不能在這裡。而且一定要揀一個上好的旅館。」

「好，只要證實這件事，什麼都可以聽從你。」

五分鐘以後，她帶著我的行李去了。我一個人在床上苦悶地期待著。

我坐起，躺下，抽煙，思索，大概隔了一個多鐘頭吧，她回來了；靠著她的路道，我的行李書籍居然當了一萬多法郎。我趕快坐起來說：

「那麼你已經同潘蕊約好了？」

「是的，不過今天她沒有空。」

「啊！我知道了。」我說：「你是不是要我付你五千法郎？」我說完了搖搖我手裡的票子。

「謝謝你。」她說。

「啊！原來你用這樣的方法，叫我當了行李來付你這筆賭注。」我說：「卑賤的手腕呀！」

「你是說我故意侮蔑潘蕊麼？」

「是的。」我嚴厲地說：「五千法郎拿去，我願從此永不見你。」我說完了把錢給她，我又靠到床壁上。

「奇怪，你會這樣不信任我！那麼我今天不拿你錢。」她嘆了一口氣說：「等你明天晚上證實我的話，你再付我。」

「明天晚上？」

「是的，我已經同她約好了，在茜蒙娜飯店，明天再打電話給她。」

「真的嗎？」

「自然是真的。」

「好！那麼等明天。」歇了一會她又說：

「假如你是相信我了，你為什麼不能把五千法郎交我？」

「我難道會賴你這錢嗎？後天，後天早晨你到茜蒙娜飯店來，我一定給你。」

「但是，×，但是……」

「但是什麼？」

「但是我怕你的錢會全數被她騙去！」

「你怎麼想她是這樣的人？」我說完自語著：「真是豈有此理！」

「不，我覺得你總是幼稚、天真而慷慨，以過去證明未來，在你袋裡的錢我總覺得都是她的。」

「……」我沒有說什麼。

「假如你是想立刻回國的，我還希望你先去買好船票。」

「你這廢話！」我又生氣了：「好，你的錢你先拿去。」我把五千法郎給了她，又說：「假如你不過是為騙我這點錢，你從此以後不必來看我。」

「那麼，謝謝你，」她站起來又說：「明天吃過中飯我來，同你一同到茜蒙娜飯店去。一切還需要計畫一下的。」

「好吧！」我說。

「那麼，現在我去了，你好好睡一晚吧。」這樣她就出去了。

五

一切的事情在我還是半信半疑的，說潘蕊是賣淫的這句話，我從絕對不信到有點相信，現在又從有點相信到不信了。吉布賽姑娘的騙我完全為五千法郎的款子，從她走後我越想越覺得確實。我厭惡她，並且恨她，恨她，我一時恨不得置她於死地。

但是再想下去我也原諒她了。她說在我袋裡的錢都是屬於潘蕊的，所以說潘蕊賣淫無非是使我灰心，叫我不再買寶石玩具衣服送潘蕊，而先付清應當支出的款子。但是我竟沒有錢，這使她更加害怕，所以當了行李的錢，她就先拿了去。但是我想不出她為什麼明天要來看我，看我以後她還有什麼謊可以撒，難道她明天不來了？總之，她不過為錢，不講一切的道德而為錢，無知而可憐的姑娘！

這些問題使我不能安眠，最後我服了兩片本來預備自殺的安眠藥。

第二天我醒來，潘蕊正在我房內，她已經為我理好房間，床邊瓶中是一束鮮豔的玫瑰。

「啊，你醒了，你完全好了沒有？」

「我想就會好的。昨夜服了點安眠藥，睡了一大覺，醒了你在我旁邊，我覺得我已經好了。」

「這在我是光榮的。」

她說完了為我打開窗簾，可愛的陽光從窗外射進來，使我的精神煥發許多。

潘蕊還是這樣的美好、溫柔、寧靜、可愛，想到吉布賽姑娘侮辱她賣淫，我不覺笑起來，而我居然會去信她的謠言，我覺得自己的傻真是不可測度了。我想起來，起來跪在潘蕊的面前懺悔。但是我沒有做，因為我怕這會傷潘蕊的心的。她的心是柔和的，平靜的，純潔的，我怎麼可以用這樣可怕的事情去傷害她呢？

「潘蕊！」

「怎麼？」她走過來坐在我床邊。

「坐在這裡。」我指指我的枕畔說。

她坐過來了，我把頭枕在她腿上，她撫理我的頭髮，沒有說什麼，一種默默的溫情感動了我，我翻了一個身，伏在她腿上哭了。這不是悲哀，這是一種懺悔。這等於一個教徒在醉後疑心聖母瑪利亞不是童貞，第二天在神甫面前懺悔一樣。

「為什麼這樣，你的病就會好的。」這是一句平常的話，但是她的神情給我無比的甜美與慰藉。

我哭得更加厲害了，這哭等於一個受委屈的孩子，得到慈母的安慰而產生的一樣。

「為什麼忽然悲哀起來？」

「不，這是一種快樂。」我這句話是真話。每個人在罪惡懺悔了以後都可以感到這種快樂的。

假如昨夜的安眠藥與醒來就見到潘蕊醫好了我餘病的一半，那麼這一頓哭也的確醫好我餘病的一半。我心地非常愉快，一切前途的灰色，與經濟的窘境我都忘去，我手頭已有了錢。十二點半的時候我起來，盥洗完後就伴她一同吃飯，飯後她要到時裝店去了，我要送她去，她拒絕了我，叫我休息著，叫我下午再睡一會，她明天早晨再來看我。

她走後，我心裡非常平靜，但隨即我又擾亂了，我後悔今天會沒有對她表示愛，這樣好的機會我又錯過。後來我又計畫明天早晨她來時怎麼對她表示這份鬱在胸中的情愛。

但是有人敲門了。

「誰？請進來。」

進來的原來是吉布賽姑娘，我已經把她忘了。

「怎麼樣？今天好了嗎？」

「你還來幹嗎？五千法郎不是已經給你了麼？」

「怎麼？你不想證實我的話了麼？」她驚愕地說。

「你還要用什麼手段？」

「唉！你這可憐的孩子。」

「是的，我被你騙得可憐。」

「誰騙你？」她有點生氣了：「是不是潘蕊來過了？」

「是的，怎麼樣？」

「那麼你一定被她騙了！」

「哼……」我冷笑著抽煙，沒有回答她。

「你是不是把一切都告訴她了？」她興奮地問。

「沒有，」我說：「但是我不信你卑劣的謊話。」

「假如你真的什麼都沒有告訴她，事情很容易證明。」她忽然大方得有點傲慢的神氣。在我房中來回地走，又說：

「只要你晚上到茜蒙娜飯店等著。」

「你是不是先要拿我三千法郎去？」我冷靜地笑。

「你不要這樣無理！三千法郎你晚上當面交她好了。又不是我賣淫，而且這次我也不問你要佣金。」

「……」我沒有話可以回答。我脆弱的意志，這時已經有點動搖，對於潘蕊懷疑的心理又起來了。後來我決定今晚去證明這件事去，因為如果叫來的不是潘蕊，我可以立刻走的；如果潘蕊叫不來，那麼我不但可以更加相信潘蕊，而且也可以給這無理的吉布賽姑娘一個打擊。

於是我就同這位吉布賽姑娘到茜蒙娜飯店，用辛克萊先生的名義，開了一個三百十四號房間。一切佈置好後，我們出來到外面看了一場電影，打發了這下午空洞無聊的時間，出來我們就在一家飯店吃飯。飯後她說她要打電話給潘蕊了，我於是同她告別，一個人回到茜蒙娜，跳著心在那裡等著。

大概十點鐘時候，有人敲門了。我的心幾乎從嘴裡跳出來，站在門口說：

「請進來。」

我希望進來的不是潘蕊，但是，進來的竟是潘蕊！我一時心裡是痛苦，是驚慌，是害怕，是愛，也是恨。我勉強抑制著自己：

「果然是你！」

「怎麼？是你？」她驚愕而且害怕，還帶著一半窘態與可憐。

「你是來幹麼的？」

「你是來幹麼的？」她一反往日溫柔態度來反問我。

「我是來買淫的。」

「那麼我是來賣淫的。」

「唉！潘蕊，你怎麼竟……」我悲痛著話也說不出，頹然地倚在椅子上。

「……」她沒有說什麼，坐在我的旁邊。

我們沉默有十分鐘之久，我振作起來，對她說：

「潘蕊！我把你看作神，看作神聖的偶像，看作愛的理想，光明的象徵，我愛你，默默地愛你；連對你表示都怕觸犯你的高貴與純潔，但是你竟是一個野雞，到處賣淫的野雞。」

「但是你自己呢？你愛我，在這裡買淫。」她站起來大聲說。

「不，你不要汙辱我。我是特地來證實你賣淫的事實的，這事實是羅拉同我講的！」

「……」她沒有話說，伏在椅背哭了！

「她同我講，但是我不相信；我怎麼會信，像你這樣一個溫柔、美麗、靜嫻、娟好的姑娘會是個賣淫的女子！但是現在……」我悲痛地說：「唉！太使我失望了！」

我說完坐倒在沙發上嘆氣。

她哭得很厲害，突然跪在我面前，伏在我膝上哭了。她說：

「真的，×，你愛我麼？假如你相信我，讓我告訴你，我一直在愛你。」

「你不要說愛好不好？你還有資格說愛麼？」

「是的，我不配說愛；我早知道我不配說愛，所以一直不敢對你說，你是這樣高貴純潔，你一直看重我，從來沒有當我是一個時裝店的模特兒，從來沒有當我是一個玩物，把我看作同你一樣的有教養有學問的人。現在，親愛的，假如你以為我的心我的愛不是生下來就是汙穢卑賤的，那麼讓我們今天重新建立我們的新生命吧，我要跟你走，在你身邊，無論怎麼苦，無論饑餓，凍冷都是光榮的。」

「但是，你實在太使我失望了，我認為神的人，會是一個魔鬼。」

「忘了過去，好不好？」她說：「以後，以後讓我們重新生活。」

「實話告訴你，」我說：「我現在的心碎了，我不知怎麼好，但是我奇怪，我這樣地重視你，你怎麼這樣不看重你自己，來做這樣的事情！」

「啊！我知道了。」她霍然站起來：「我決不能再享受你的愛了，過去讓我感謝你，至於未來，那麼再會吧。」她似乎要走了。

「你走吧！假如你以為這樣是愛我。」

「我是不配來愛你的，我這汙俗不堪的人。」

「但是我愛你。」

「是的，但是你現在的愛不是上午的愛了！」

「……」

「現在你不過是一個買淫者的愛情！」她說：「你姦淫吧！我是一個賣淫的女子。」

「是的，你是一個賣淫的女子！」我內心像一把火在燒沸、憤恨、懊惱與痛苦。

「那麼假如你不想買淫的話，我要走了。」

「是的，我想買淫！」我說完了靠在沙發上，閉著眼睛，忍受內心的痛苦。五分鐘以後，她突然說：「姦淫吧！男子！」

我抬頭一看，見她已裸體躺在床上；我沒有看到她肉體的美，只看到了她靈魂的醜惡，我氣憤非凡地說：

「我不是你所愛的醜惡男子，來隨便姦淫一個無恥的女子；去，你去吧，這是三千法郎，你的價錢！」說著我擲過去一把鈔票。

「好，謝謝你先生，」她穿了衣服起來，伸出手來說：「再會，先生！」我沒有同她握手。她似乎儘量矜持著，但還是忍不住眼淚，她嗚咽著說：「雖然永別了，但是，請你記住，我有你一樣的心，一樣的情感與愛，會永遠愛著你；有你一樣的記憶與思想，永遠回憶你，想著你。」

「算了吧，你有什麼愛，你有什麼情感！」

「但是我的賣淫不過為生活。」

「生活，什麼生活，虛榮，闊綽，錢，錢，錢！」

「你不要這樣說，我有家，母親是父親手裡舒服慣的，我有三個弟弟在讀書，這是事實。但是這同你說有什麼用，再會吧，×，哪一天忘掉我，哪一天是你的光明，那麼祝你早點忘掉我。我希望你早點回老家去，那面有愛你的母親與家，會補救你這裡的創傷。再會，希望你寬恕我，寬恕我你自然會忘掉我的。」她把三千法郎放在桌上，拿起手套走了。走出了門以後還伸進頭來，眼睛掛著淚珠說：「再會！」

我頹然倒在沙發上，萬種情緒在我血液裡沸著，我暈了過去。

六

第二天，我的病復發了，厲害得頭都抬不起來。

十點鐘的時候，吉布賽姑娘來了。

「怎麼樣，我的話證實了麼？」

「……」但是我沒有回答，她一見我臉孔血紅地病在床上呻吟，她大大驚慌起來。後來她把我送到了市立醫院。

醫院裡我足足住了兩個星期，病總算好了，但是健康還沒有恢復，我又搬到先前一個旅館裡去。那時我雖然還是念念不忘於潘蕊，但是我下了鐵一般的決心，不去看她，實在也沒有法子去看她，因為最要緊是金錢，而我手頭的錢已經沒有了。於是我寫信給倫敦、柏林、慕尼黑……各處的朋友，希望他們匯給我一筆款子，可以讓我買一張船票回家。這是一切都完的時候，我唯一的希望就是早點回到家鄉。我滿心填塞著沉重的鄉愁。

這樣一等又是一星期。在這一星期中我意識到旅途生活的糜費！我在馬賽沒有一個朋友，眼看手裡的錢已經用盡了。

大概第八天、第十天吧，各處朋友的回信都來了，異口同聲告訴我手邊經濟拮据，愛莫能助。這樣我就陷於悲慘的境遇，一方面我自然寫信給國內的親友。但這至少需要一個多月的期限，而生活是每天每時需要錢的。

那時候我才瞭解羅拉——這個吉布賽姑娘的熱情，她一次一次不待我開口就給我錢，到了一個月的辰光，前前後後也拿了她兩三千法郎了。

不久，國內的親友的回信來了，說是一時實在拿不出錢，等幾個月以後或者有辦法。

於是情形愈來愈淒慘，我搬到一個最經濟的地方去住，但是經濟儘管經濟，生活還是要生活。那時吉布賽姑娘一個人竟代替了我十個好友的職責，她借我錢，勸慰我，這樣每天悄悄地等那日子過去。

於是白天去了是夜，夜去了是白天。最後我開始寫一點東西，向報上去投稿了。雖然勉勉強強把生活度過去，但是我是愈來愈消沉起來。

有一天，那位吉布賽姑娘來看我，一進門就說：

「你的錢匯到了麼？」

「沒有。」我說。

「那麼你不願意做一點買賣嗎？」

「買賣，沒有本錢做什麼買賣？」

「只要你肯，你可以做。」

「是一種職業麼？」

「不，在你只能說是買賣。」

「但是我沒有這份能力怎麼辦？」

「有的，我知道你有的，只要你肯。」

「那麼為什麼我會不肯呢？」

「一定肯，是不是？」

「你說吧，到底是什麼買賣？」

「昨天我在總會裡為一個美國富有的女子算命，我同她講起你同潘蕊的故事，她非常驚奇，她想見見你；我同她說如果她答應出六千法郎，我可以來接洽。」

「六千法郎，見見我？」

「自然也要到什麼飯店去。」

「啊！你的意思是叫我賣淫！這是什麼話！」我生氣地離座了。

「你又是傻了！又不是叫你做這個職業，只是一次。有了六千法郎，你就可以回家。我完全為你著想，老實說，這次我的介紹，並不要你什麼佣金的。至於你欠我的錢，我現在當然也不要，你回國寄給我就是，你的書籍行李，你錢寄來，我就可以替你贖出帶給你的。」

「賣淫，這怎麼行？」

「為什麼不行？你這種傳統的小資產階級的道德觀！我們吉布賽是決不拘泥這種小節的，

這是生活，你曉得。肉體的出賣，等於勞力，於你高貴的愛情有什麼損失？一次就可以解決你目前一切的問題，為什麼不幹？否則你有什麼辦法？萎靡不振地耽在這八層樓屋頂上；要是再生起病來又怎麼辦？」

「……」我在沉思。

「而且這是再好不過的機會。數目固然不少，那位姑娘也很上等，而且非常美麗，這種事，在她也不過是一時的好奇！」

我沒有說什麼，沉思著，十分鐘之後，我終於答應了她。

她去了，夜裡九點鐘打電話給我，叫我十點鐘到茜蒙娜四百廿二號房間去。十點鐘的時候，我終於到了那邊，我說不出那時候的心境是酸是辣，正如一個不會演講的人登臺去演講，呼吸迫促著，心跳著。在房間門口站了許久，最後我終於敲門了。

「進來！」

我進去了，但是不見一個人。有問句從浴室裡出來：

「你是黑頭髮的男子麼？」

「是的。」我囁嚅著說。

「那麼，請先睡在床上吧，把衣服脫光了。」

我奇怪我那時候會同犯人一樣，或者是小學生一樣的完全服從著，等我睡下了大概有十分鐘辰光，浴室的門匙忽然響了，有命令的聲音隨著出來：

「把電燈熄了，請你。」

我沒有反抗，把電燈熄了。於是我看見一個影子過來，我駭得正如在深谷見了一個鬼。

「你把衣服脫光了沒有？」

「是的。」

「呵！是你！」

她慢慢走近床邊，突然，她把我的蓋被掀掉了，隨即開了電燈。

我定神一看，我驚慌得不覺叫起來。面前的女子會是潘蕊。

「啊！你也來賣淫了！」她莊嚴而冷笑地說。

「……」我閉了眼睛，沒有說什麼。

「回答我，先生。」

「是的，為你六千法郎。」

「我不想嫖一個自以為高超而來賣淫的男子。」她說：「去你的，那六千法郎拿去。」

我起來了，沒有說一句話，穿好衣服，我說：

「謝謝你，太太。但是我不收你這筆錢！」說著我回過頭來要走，一切的情緒我壓抑到這裡已經到了限度，頭一回過來我的眼淚已經流到嘴唇。

但是她忽然拉住我，把我推到沙發上；她坐在我旁邊，說：

「親愛的，原諒我。一切都是我的錯。」

「……」我沒有說什麼，伏在她的膝上哭了！

「現在你可知道，我是怎麼樣開始賣淫的。」她也哭了，又說：「說，親愛的，說你還是愛我的，並且已經原諒我了！」

「只要你肯原諒我，我愛！」

「我怎麼會不原諒，你的賣淫是我害你的。」她哭著說。

「不，我要你原諒上次我對你的侮辱與責罵。」

「自然，我原諒你。我一直沒有怪你，後來你進醫院了，我不敢再來擾你，我只好向羅拉打聽你，叫她照顧你。」

「……」我沒有說什麼，愣在那裡。

「大家把過去忘了吧，親愛的，讓我們計畫未來。」

「……」我不知是感激還是什麼，我的淚不斷地流……

七

經過了一夜的纏綿溫存，我回到了我的寓所。下午，我精神非常煥發，安詳，坐在窗前望著外面的陽光，靜聽下面傳來一二聲汽車的聲音，心裡感到一種說不出的舒暢。

就在這時候，吉布賽姑娘進來了。她說：

「怎麼樣，已經買到船票了麼？」

「船票？」

「船票，是的。」她有點生氣似的說：「你有了六千法郎又不想走了麼？」

「我哪裡來六千法郎？」

「昨夜的買賣。」

「買賣？」我愉快地說：「你以為我同潘蕊間可以有買賣的關係麼？」

「為什麼不可以？」她面孔十分死板：「這買賣是我接洽成的。」

「但是你沒有同我說明是潘蕊。」

「潘蕊同別人有什麼分別？」

「我愛著她，也所以我因此賭輸五千法郎。」

「這是以前，但是現在……」

「愛情是專一而永久的。」

「廢話，她把你害成這樣，你還愛她？而且這許多日子你沒有見她……」

「她殺死我，我也是愛她的。」

「低能的孩子，」她嘆氣，頹然坐倒在椅子上：「把一個賣淫的女子當作了神來膜拜，來毀滅你的一生嗎？」

「朋友，」我嚴肅地說：「從今往後不許你侮辱她是賣淫的女子！」

「為什麼？每個嫖客都在這樣說！你能夠都禁止嗎？這不是侮辱，這是事實，對你，我曾經用錢證明過這是事實。而你也是承認過的。」

「但是這是過去了。」我說：「從昨夜起，她是我的愛人，我的伴侶，她在我心中，恢復了神聖尊貴高潔的地位。」

「啊，原來你一直愛著她。」她喟然了：「我為你打算怎麼樣回到你日日盼望的故鄉，怎麼樣從你犧牲過的地方賺取這筆盤費，而你竟把買賣當作了浪漫史。把下流的生活當作了愛情。」

「請你不要這樣說。」我平靜地一半同情一半感激地說：「我永遠感謝你對我的友情，但是對於潘蕊，你這樣總是不應該的。」

「為什麼不應該？」

「你叫我做對不起她的事情。」

「你有什麼對不起她？」

「她愛我，你承認麼？」

「這或許是的。」

「那麼你叫我騙她肉體與金錢，又叫我離開她，這在她不是痛苦的事情麼？」

「你真是中古時代遺留下來的孩子！」她喟然嘆息了，搖搖頭說：「我不知道你受的是什麼教育，會弄得這樣不合時代。老實說，我是什麼都替你們打算過的，她愛你，那麼讓她享受你一陣，你想家，你需要回去，那麼讓她幫助你。在你的心中，我分析有兩種情緒，一種是愛她，一種是恨她，愛她讓她給你享受，恨她讓你在你失足處對她原諒。從此你們互相帶著對方的愛與美在不同的世界上做人，這難道是不好麼？」

「但是你不知道這份愛。」我說：「這份愛已使我們無法分離，我們已經計畫好將來，計畫好永遠不分離的將來。」

「這是笑話。」她笑了：「好，隨你們去，我從此不再管你們。我希望你還我你向我借的款項。」

「借款？」我說：「你又是錢！」

「錢，自然的，我需要，正如你也需要一樣。」

「但是我現在沒有，我決定回國後就寄你。」

「即使你不拿潘蕊的六千法郎，你問她借點可好，我需要著。」

「我怕她也會少錢用的。」

「你說潘蕊少錢用，這怎麼會？她有無盡的財源。」

「無盡的財源？」

「是的，至少在這七八年當中。」

「你是指她青春麼？指她賣淫的生財麼？」

「……」她點點頭。

「但是我們昨夜有約，她決不再幹這件事了。我們就要結婚，結婚後她同我一同回國……」

「結婚？你說你們結婚？」

「是的，結婚，結婚後我們一同回國。」

「你是說要帶她去了。」

「是的，這就是真正的永久的愛情。」

「……」她半晌沒有說什麼，但最後她笑了。

「這難道是可笑的事情麼？」

「我笑你的愛情，愛情用結婚來求永久，這是我第一次才聽到。」

「第一次才聽到？」我真奇怪她會不懂得結婚的意義。她似乎並不注意我的問句，接下去說：

「而且你們這樣的結合！」

「你說什麼？」我覺得她的話有點輕視我們的意思，所以我有點不服氣了。

「你以為你帶走潘蕊是愛她麼？她是一個道地的資本主義社會的女人，生得漂亮，出入交際場，生活在她是一團火，她浪漫慣，奢侈慣，需要無謂的應酬，稀奇的刺激給她興奮。她可以同你安定過家庭生活麼？你帶她到家庭，已經不容易，帶她到你們的故國，過死板的家庭生活，這會使她快樂麼？這等於你帶熱帶魚到北極，叫她過寂寞的冰凍的生活一樣，要是她不同你決裂，她定會哀怨地老起來，死下去……」

「這不是吉布賽的女子所能懂的，」我笑著說：「這是愛情，愛情可以將魔鬼點化為天神，愛情可以改北極為赤道，愛情會使我們在最苦的生活中感到甜。」

「愛情，你要說愛情，那只有在吉布賽民族中可以永生，只有我們流浪的生活是愛情新鮮的空氣與陽光。愛情同生命一樣，不是皮箱裡可以帶的，不是房間裡可以關的，養一份愛情，等於養花，它要我們天天替它換新鮮的水，天天讓它接觸新鮮的空氣與陽光，死關在那裡即使它不會飛去，但是它要死去的。」她驕傲地發揮她的哲學：「老實告訴你，你不要自私，以為不管你能不能給她快樂，只要她給你佔有了，供給你快樂就是，不錯，她有最美的容姿，最好的肉體，但是當你不能給她快樂時，她也沒有快樂給你了，你知道麼？這是愛情的條件。」

「這些都是你們吉布賽的思想，朋友。但可惜我們不是吉布賽人，不然倒是很好的格言。」我諷刺她說，遲緩地抽上一支煙：「現在讓我告訴你一點書本的知識，你以為對於環境不適應，就可以使生命死麼？對的，但這只能夠用到動物為止，對於人類是不適用的，人類的特點就在創造，過去有力的巨大的動物，因為地理上的變化，氣候上的不宜都淘汰了，但是人類，在最冷的或者最熱的地方，最乾燥的或者最潮濕的地方都活著，這就是人會創造，人會利用物質，人會用電燈使黑暗變成光明，人會用獸皮用火爐使寒冷變成和暖，人會用電扇冷氣使炎熱變成清涼，所以靠著我們的愛情，你儘管放心，我會使熱帶魚在北極裡生長與快活，我會使相思樹在北極裡結紅豆。」

「是的。」她說：「你說的都對，但這創造只有吉布賽人可以說這句話。只有我們這個民族，知道用物質在創造愛情。像你這樣是只會利用愛情去創造生活的。不錯，你或許會在北極裡創造熱帶的環境，但是你可以犧牲一切去創造這個環境來養愛情嗎？」

「為愛，我為什麼不肯？」

「你這個幼稚的孩子！」她冷靜而微喟地：「實在說，你對她的愛是什麼？無非是她的最美的容姿與甜人的性情，但是青春是不留人的，寂寞容易使人枯老，等著吧，你不久就會厭倦她，假使她在最近不厭倦你的話。」

「這是侮辱我們了！」我說：「請你停止這些老生常談吧，老實告訴你，朋友，我們後天就結婚，婚後就動身回國了。」

「明後天，那麼錢呢？你已經收到你國內的匯款了麼？」

「潘蕊有。」

「潘蕊的，啊……我知潘蕊有，那麼為什麼不能先還我這筆錢呢？」

「老實同你說，朋友。」我說：「對於用潘蕊的錢讓我們結婚，出錢做我們盤費，我已經不願意了，我怎麼好意思再叫她墊錢還我的債呢？」

「……」她似乎在想別的。

「那麼你難道不相信我一回國就寄你麼？」

「我自然相信你這點。」她說：「但是……」

「好的，我回國前設法還你。」我突然這樣說了，又說：「不過希望你以後不要管我們的事情，更不要在潘蕊面前破壞我們的愛情。」

「好的，隨便你們怎麼樣，」她說：「從今往後我再不管你們的事情。」

我沉默了，她也沒有話說，窗外的天暗下來，空氣非常地死寂。

八

照著我們的計畫，順利地進行，潘蕊已經變賣了她的汽車與首飾，她把一部分的錢給她家，我們已經購好了船票，羅拉的債自然也還清，於是在聖貞德的教堂裡，我們舉行婚禮。我們沒有通知任何人，一切婚禮種種的幫忙與籌備，除了潘蕊的母親以外，就是羅拉。

第二天我們就上了叫做羅帕兒斯的郵船，送行的也只有潘蕊的母親與羅拉，她們都給我無數的吻，但是潘蕊的母親哭了，潘蕊也在流淚，我們大家都有點難過，不久船就開了。

羅拉送我們兩束珍貴鮮花，一束寫我的名字，她在卡片上這樣寫著：「假如不能在北極創造熱帶的環境，那麼還是將這束花帶回熱帶吧。」一束寫潘蕊的名字，卡片上寫著這樣的話：「享受愛情同享受花一樣，不是浪漫的嚼吞，而是細心的培養。」我們知道她的用意，我們也知道她的好意，但是我們都覺得這是可笑的，因為我們船上的生活，實在美滿快樂到萬分，天氣很好，風浪不大，我們跳舞，唱歌，遊戲，每到一個埠頭，我們有快活的遊歷。大概到印度的時候，我們給羅拉一張明信片，是這樣寫著的：「朋友，請你放心，在愛的世界裡，地獄永遠是天堂，北極也就是赤道。」最後潘蕊又附加了一句：「會享受愛情者一定也會細心地培養愛情。」我也加上一句，回答她花束上的贈言：「假如我無力創造熱帶的環境，我不但要把這束美麗的花朵送到熱帶、我還要伴她到熱帶永遠來看護她。」

天下無不終的旅程，我們終於到了中國。

但是自從那時候起，潘蕊竟失去了笑容！

起初我們自然同我家裡住在一起，但是潘蕊言語不通，習慣異殊，同家裡的人都合不來，許多地方家裡的好意，她誤會為壞意，許多地方她的好意，家裡誤會為壞意，後來家裡甚至對我也有了歧視，我兩面為難，自然很痛苦，但是她的確一天一天憔悴了。我那時在一家銀行做事，早出晚歸，潘蕊在家裡，每天同家人攪在一起，自然比我更痛苦，但她在我面前從沒有怨言，這使我很感激。我很多次想搬出來，但是為怕引起家裡更甚的誤會，所以沒有實行，最後內地一個學校裡有一個位子，雖然待遇不及銀行裡好，但為借此可以帶潘蕊單獨住，所以就辭去銀行的事情，動身到了內地。

當這個計畫快實現的幾天，潘蕊的心境稍微有點活動，在旅途中也充實了光明的希望，但是一到了那面，佈置好一切，住了下來以後，她又慢慢地不快樂了。

我功課很忙，回家又愛看書，要寫作，四周沒有一個朋友，弄得她非常寂寞。家裡有一個傭人，但言語不通，時常起誤會，換了幾個以後，總不合她的意，後來她索性不再用人，一切自己來做，但是日子一多，她又覺得太苦，於是又雇一個傭人，用了些時，又辭了，又自己來做，這樣顛顛倒倒少說說也不止三五次了。她特別愛清潔，但是自己精力有限，傭人的習慣不合，所以兩樣都弄不好，這樣淒苦地過了半年，半年中我很少過問家裡的事，她也始終沒有同我訴苦，她的笑容沒有，也不是一天兩天的事，所以我也沒有注意。但是有一天夜裡，我因為看點書，較晚去就寢，看見她已經熟睡在床上，在寂靜之中，我驟然從牆上掛著的她過去的照相，看到她枕上的面容，一種說不出的悲哀襲到我的心頭，她的確是憔悴了。我竟養不好這朵花！於是我攬鏡自看，再同我過去的照相相比，發現二者竟一點沒有差別，這時候我頓悟到自己的自私，我竟用她的愛情培養我自己的青春事業與生活，並沒有用我的生活去培養愛情。我打了一個寒噤，坐在床邊上設想她到中國後的生活與她的心境，我想到吉布賽女郎的預言，以及她臨別時的贈語，我不禁淒然流下淚來。當我拿她枕邊的手帕來拭我眼淚時，突然我發覺這手帕上也有潮濕的眼淚。這打擊我心境非常厲害，我良心對我有鄭重的譴責，我決意要設法使她快樂起來，第一我自然先要她發洩心中的積悶與痛苦。

於是有一個星期日，我同她到一個附近的山上遠足，在傍晚時分，我們並坐在山岩上，對著西沉的太陽，我開始探她的心靈。我說：

「近來我很感到對不起你，我一直沒有給你一點快樂。」

「不，我很快樂。」

「起初我以為在我們家裡不快活，到這裡一定可以快樂了，但是竟不。」

「不，我很快樂。」

「不會的，你這是謊話，我起初總以為慢慢你會習慣，你會快樂，但是現在知道你是愈來愈痛苦了。自從我知道你的痛苦以後，我的心始終內疚著，我也沒有半點安慰了。」

「……」她沒有回答，半晌，她靠在我臂上哭了。

我沉默了，我不知道怎麼樣可以安慰她，風吹動她的頭髮，使我想到第一次我在時裝表演時看到的她，這樣一個仙女交到我手中，會糟蹋到這樣憔悴，我的心不安已極。我說：

「正如以前羅拉所說，我是太自私了，從今以後，我一定要使你同以前一樣的美麗，活潑，快樂。」

「這是不可能的，你沒有使我同以前一樣的美麗快樂你已經痛苦了。除非……」

「除非什麼？」

「除非……唉！」

「你說，你說除非什麼，你說，我一定聽你的話。」

「……」但是她沒有說，她又哭了。

我不再問她，沉默在黑暗之中。大概有半點鐘之久，她說：

「讓我們回去吧？」

於是我們默默地手牽手地走回來。

……

自從那天以後，我時時刻刻想使她快樂，我時時買新鮮的玩意與衣料給她，但是她不愛打扮，許多衣料她都沒有拿出去做，我時時伴她跳舞，散步，泛舟，騎馬，登山，並且時時約朋友到我家來，我教她打牌，我帶她看戲，但是她最多偶爾露一點笑容，在靈魂之中似乎總埋著無限的寂寞。這使我非常痛苦與煩惱，為此我精神不安起來，我憂慮多愁，終於我逐漸憔悴了。

她似乎知道我是極力在使她快樂的，她似乎還知道我在為她憂慮多愁而憔悴，所以在有一天我同她在散步的當兒，她說：

「親愛的，你為我憔悴了。」

「但是你還是不快樂。」我說著忽然想到她那天說的一句「除非……」未完的話，我突然問她：

「啊，你上次說除非……到底是除非什麼呢？」

「你為什麼記得這句話？老實說，我的興趣是向外的，我要表現，我要別人頌揚稱讚愛慕，這是幼稚的、無聊的氣質，請你不要想著這些，我愛你，為你我願犧牲這些低級的興趣。」

「不，不，你說，你必須說出這句話，你一天不快活，我一天不會安心，你說，說。」

「我需要你的愛。」她說：「但還需要以前馬賽的生活。」

「你是說賣淫麼？」我又是氣憤了。

「你怎麼說這樣的話？我只是說，我願意在社會做事，我要表現，我需要掌聲，叫好聲。」

「那就是說你要離我回去了！」我感慨地說。

「不，我所以不說，就是怕你誤會我的意思。我的意思是最好我能夠同你在法國一同生活。你讀讀書，寫寫東西，我去做事。這樣也許可以使我們大家都年輕快活起來。」

「……」我沉默了，我的心裡浮起不快的感覺，我覺得她的虛榮與淫卑劣根性在作祟。

「是不？你不快活了，這所以我不說。好，請你不必想這些，我們回去吧。」

……

問題就這樣擱淺，日子一天一天地過去，她靈魂裡的寂寞與哀怨，在我眼中愈來愈明顯，我無法使她快樂，心裡過分的煩惱，使我脾氣不好起來。她總是溫柔忍耐地擔負我的脾氣，這使我在寂靜的夜裡，時常懺悔自己的不好。

有一天夜裡，她已經入睡了，我一個人又陷於懺悔的心境中，突然想到我同羅拉說的話：「假如我無力創造熱帶的環境，我不但要把這束美麗的花朵送回熱帶，我還要伴她到熱帶，永遠來看護她。」那麼我為什麼這樣自私，不能夠伴她到歐洲呢？於是我當晚就寫一封信給羅拉，羅拉那時候在維也納，我們平常也偶爾有信箚，但從未談到我們生活上的痛苦與內心的矛盾，所以她來信也不過對於自己生活的敘述，現在我在這封信裡詳細報告我的心境，並且承認她的預言之正確，最後我告訴她到歐洲的決心，希望我能夠在歐洲見到她。這封信我在第二天祕密地發出了。同時我暗暗籌劃款子，佈置好一切，於是在暑假時候，我向學校辭職了。

這樣，一直到有一天，什麼都停當的時候，我突然同潘蕊說：

「現在好，讓我們走吧。」

「走，上哪裡去？」

「到歐洲去。」

「到歐洲去？」她驚奇了。

「是的，到歐洲去，我聽從你的話，讓我們在歐洲生活。」

「你不勉強麼？」她驚異地問。

「不，一點也不，我什麼都準備好了。」

「真的？」她突然興奮起來，抱住我的頭不斷地吻我，最後她流淚了。

「你哭了？」

「是的。」她坐在我懷裡說：「我感激你。」

於是第二天我們就動身到上海，這像是冬天過了的春天，她流水一般地活潑起來，花一般地綻開了笑容，樹木一般地抽出了春綠。等到我們上的郵船沒有過一星期，她已經恢復了來時的嬌豔與美麗，我也開始興奮與快樂了。

九

馬賽終於到了。船還沒有靠岸的時候，我們就望見潘蕊的母親與羅拉。潘蕊這時候幾乎快活得飛到空中，我在她面頰上見到了多年不見的光彩。

隨著船的靠岸，大家歡呼著，接著是奔到岸上，互相熱烈地擁吻，羅拉對潘蕊第一句話就是：

「你還是以前一樣的美麗！」我想潘蕊的美麗是在船上才恢復的，這是羅拉所不知道吧。但是我看羅拉，的確同以前沒有兩樣，於是我說：

「你也是。」

最後我們就一同到了潘蕊的家，我們就暫住在那裡。

在時裝店圈中，潘蕊本是一顆明星，現在聽說她回來了，要尋職業，都爭來羅致。於是報上有她的新聞，小報上爭載著我們的消息，我與她的照相也在畫報刊了出來。這些都使她感到興奮與快樂，但是我可開始感到煩惱了。

經過了許多醞釀。潘蕊同我商定，接受了一家煙草公司的聘請，那是做愛神牌香煙廣告的模特兒。

於是報上，雜誌封面上，銀幕上，街頭廣告牌上都有她各色各樣穿五彩裝束的——游泳衣，旅行裝，滑雪裝，睡衣，禮服等等，擺各色各樣的姿態——坐著的，站著的，躺著的，在火車裡，在海灘上，在船欄邊等等的照相，這些照相不變的特點就是她唇上手上或身邊都有這個「愛神牌」的紙煙。雖然她並不吸煙。

這時潘蕊的收入好起來，我們開始佈置精緻的住所，她非常興奮地為我佈置書房，但是我可更加煩惱了。

接著潘蕊的應酬一天天加繁起來，花束，電話，信箚不必說，約會也愈來愈多，這些都是公司的經理與股東，以及社會上有錢有勢的人。潘蕊出去的時候雖然同我商量，我心裡固然不以為然，但是我覺得沒有理由可以反對，因為這是她引以為快樂的事情，正如我愛買書與看書一樣。所以我從來不去阻止她。後來她也就習慣了，不再來徵求我同意。大概一個半月以後，愛神牌香煙已經風行一時，她的收入也更好了，公司還送她講究的汽車，於是應酬也愈來愈忙，幾乎天天都不在家裡吃飯，而且十天有八天到深夜才回來。有時候還在家裡宴客，這些男女的客人都不是我所喜歡的。頭兩次潘蕊拉我去應酬，但因為這裡面實在沒有我地位，我感到說不出的威脅，所以後來我假借好靜拒絕了她。其實我並不能靜在自己的室內，為排遣這種心裡的隱痛，我是不得不到俱樂部去求刺激的。

但是，雖然在許多場合裡，我心底隱藏妒忌與怨恨，我對於潘蕊的愛我，可沒有懷疑。第一她的交往信箚電話對我向來不祕密，許多出格的情書，她反拿來當作我們談話的笑料；第二她在外面久了，總有電話來問我；第三，每當她回來的時候，如果我還醒著，她多麼疲倦，都來伴我，如果我已經入睡了，她總是要理理我蓋著的被鋪，翻翻我開著的書與我寫好的文稿，最後總在我唇上臉上染滿了口紅，而且還向傭人的地方打聽我一天的生活。

日子一天一天地過去，我心裡的痛苦也愈來愈增加，但是我始終不願對潘蕊流露，更不用說是訴說，這因為我相信，我的流露，會破壞她那些她所認為快樂的生活的。

那麼有誰瞭解我這鬱積在內心的無限痛苦呢？有的，這是我唯一的朋友羅拉，這個吉布賽的預言家——我現在愛這樣稱呼她。

羅拉時常來看我，每次看到我內心的痛苦就勸我回國，這自然是我唯一的出路，我難道為潘蕊就耽誤我的終生了麼？但是我愛潘蕊，潘蕊現在比以前更加美麗，漂亮，多姿了。我怎麼能夠離開她？幾次三番我已經決定回國了，但是或者因她伴我睡一晚，或者因她同我吃一次早餐，或者因她同我在窗下小坐十分鐘，我立刻失去離她的勇氣。

羅拉看我沒有勇氣離開潘蕊，她只罵我懦弱，她並且說如果我沒有勇氣離開潘蕊，將來一定會被潘蕊遺棄。那時候我將履行她的預言而自殺的。這是我所不相信的，但是我可也常常懼怕的。

許多次，她要把我內心的痛苦同潘蕊去講，但是都被我阻止了。我的打算只是兩種，一種是我依附著潘蕊這樣活下去，或者平心靜氣把精神放到書本與寫作上去，不要關念到潘蕊的生活，一種是一個人離開潘蕊，我覺得把我的痛苦同潘蕊說，這等於我干涉她的自由，禁止她的生活；她需要這樣的收入，她需要這樣的生活，她活在這裡，的確遠比活在我的生活中年輕，活潑，美麗，漂亮，可愛，這是事實。那麼我為什麼不能支配自己而要用自己的情緒去干涉她呢？我同羅拉說，如果她要把我的痛苦告訴潘蕊，我真只有自殺一條路了。

日子在無可奈何中消磨。

大概是潘蕊任職以後九個月，羅拉要到美國去了，我決心跟羅拉她們做一次旅行。這是我對於自己的試驗，要是我可以離潘蕊生存，我就從美洲回中國了，否則我只好回來。

我把這旅行的計畫同潘蕊說了。潘蕊說：

「是不是你過不慣這裡的生活？」

「不。」我說：「我只是想旅行一次罷了。」

「那麼到暑期好不好？我可以抽空一同同你去。」

「不，你很忙，你的工作不能使你離開。」

「啊，你對我有點厭憎了！」她似乎驚慌地說。

「不，不，絕不。」我說：「我不過想同吉布賽人一同旅行一次罷了。」

「要是僅僅為這樣，那麼你去，但是最多三個月一定要回到這裡。」

「你要我回來做什麼呢？」我說：「我知道我在你生活裡已經是無足輕重了。」

「你為什麼說這樣的話？」她說：「我愛你，我需要你。」

「但是這是過去了，現在只是我在需要你！」

「你說這話是什麼意思？難道說你用我的錢就是侮辱你了麼？」

「不，不，」我感慨地說：「自然不是指錢，是精神方面，你現在生活得很好，我們幾乎不常見面，不常在一起，我在你身上有什麼作用呢？只是一個寄生的動物。」

「你不許這樣說。」她說：「我愛你，我從你身上感到愛，感到美，感到力量，感到虛榮的重要，錢的重要，感到應酬交際的重要，感到青春的重要。當我回來看到你睡在床上，枕頭邊放著沉重的書，或者當我同你在窗前小立十分鐘，或者同你散步一次……我方才覺得我被別人打扮好了去照相，在各處印出來掛出來的興趣，我方才感到生活與生命的意義。」

「那麼好的，我為你活著，只要你需要我，我一定就回來，不過你要記住，哪一天你不需要我了，你同我說，免得你在心靈上多一重負擔。」

「你怎麼說這樣的話？×。」她頹然地坐下，突然興奮地說：「你變了，你說實話，你是不是變了？你愛上誰？愛上羅拉的吉布賽的朋友了麼？」我驚惶了，我識不透她的情緒，我過去坐在她的腳邊，身子靠她的腿上說：

「不，不，你千萬不要這樣想，我愛你，永遠愛你，即使你不需要我，我也愛你的，你放心。要是你以為我愛上了羅拉的什麼朋友，你可以去問羅拉。」

「只要你這樣說，你的話我都相信的。」她說完了拉我起來，她自己也安心地站起來說：「好，那麼你就動身吧，是不是明天？」

「是的。」我說。

「好，那麼你千萬要給我信，給我電報，給我長途電話。現在我要出去了，晚上見。」

她於是翩然出去了。伴我在房裡的是無限的惆悵，孤獨與痛苦。

我一個人靜坐在椅上，靜思我自己的生命與愛，自由與活力，我覺得我成了她的俘虜，寄生在她身上的動物，我不能離開她，但自己又不能做事，又不許我每天伴著她玩，伴著她走，我深深地覺得我有強起來的必要，我要飛，要飛，我一定要飛得遠遠的。但是，我的心裡只有她，除了她以外，什麼都是空虛的，我同她住在一起還無時無刻不想她，那麼離開她以後怎麼樣呢？這時我驟然想到她剛才說過的羅拉的吉布賽的朋友，於是我腦中立刻浮起見過幾次的那幾個女郎，我為什麼不同她們有個友誼的來往，排遣這個無時無刻想念她的心境？羅拉告訴我同行的也有幾個是吉布賽的少女，那麼到底是哪幾個人，可是美麗有趣活潑？我希望我會迷戀一個吉布賽的少女，而得逃避了這個無底的陷阱。這樣胡思亂想地想著，天色已經黑攏來了，我是怎麼樣在消磨我的生命？

第二天我動身了，但是當我同潘蕊話別的時候，我幾乎哭了出來，我真的不能離開她，我不知道離開她會有什麼樣的遭遇，她雖然也很依戀，但似乎比我好許多。這兩份情緒是不同的，我感到在我只有七八歲的時候，離開母懷有這樣強烈的難捨，而她呢，好像是把我當作應當出門的兒子一樣，依戀中並沒有給我挽留，這在她是守昨天的信約，但是我在那時候只希望她挽留我一聲，我可以立刻取消了這個旅行，但是她竟不，於是我在理好了行裝之後，只得用無限的勇氣與意志來忍住我的後悔。但我忍不住，我的淚在潘蕊的唇上流著，幸虧這時羅拉來了，她增加了我七分勇氣。

最後我別了潘蕊，與羅拉上了汽車。羅拉似乎看出了我的懦弱與癡情，她在車上不斷用話來排遣我的情緒，但是這些都沒有效力，於是她用輕蔑的眼光對我說：

「你還是個獨立的人麼？放出勇氣來。」

「……」對於羅拉我再不能有以前一樣的辯論，我沒有回答，我流淚了。因為她的話常常有點真理，時常有預言的威力。我這時忽然想到再下去我或許真會實踐了羅拉在我未見潘蕊前的話：「假如你要鍾情於她，弄得不願意回去，弄得自殺，我可不負責任。」這上半句早已應驗，難道下半句也必須應驗嗎？

……

在船上，我起初被這離愁困著；我不斷打電報給潘蕊，焦急地等待她的回電。但是二三天以後，我比較好轉起來，這因在陽光與海風之中，吉布賽朋友的態度的確啟發一點新的生命的潛力。我這時開始同他們有點接近，他們除了羅拉以外，一個就是當初在馬賽被羅拉看相的紳士，還有兩個青年，都不很愛說話，但是很愛唱歌，在他們的生命之中，我相信這嘴消耗於唱歌的與消耗於吃飯談話的比例，大概是一百與一之比吧，只要嘴唇一空，立刻就哼上了歌曲，這些歌曲不見得好聽，但是在海天之中，大家閒著無事，倒並不討厭，這種愛唱歌的天性並不奇怪，奇怪的倒是這不愛說話的脾氣，無論大家飯後咖啡之時，或者一同玩牌，他們對於你們冗長的說明的或者理論的談話向來不聞不問，對於你一句簡單的問句或相煩他們的請求，總是用表情來回答你，或者揚揚眉，或者聳聳肩，或者立刻做你相煩他做的事情。此外還有三個女的，這三個女子同他們關係似乎不深，明月之下，大家一同唱歌跳舞時總在一起，平常的時候常常各管各的。她們可並不把歌曲一天到晚帶在嘴裡，可是說話也非常少，我時常同她們在一起，請她們吃點東西，她們也很高興，但是從未問及我的身世職業生活，也並不向羅拉打聽。你同她們在一起，並不覺得甜蜜，但是可以覺得舒服，沒有顧忌、小心、認真、緊張，永遠是悠閒舒暢。其中一個最年輕的，叫做尼莎，她會跳舞唱歌彈琴，但除此之外，她似乎不懂什麼，也不想懂什麼。我同她在一起的時候較多，這並不是我對她感到特別有興趣，這只是尼莎有一種特別不同的地方，就是我同她在一起，非等到我放了她，她總是永遠不厭倦地跟在我的身邊，她似乎是永遠閒著的白雲。自從頭一次我同她作伴了一整天，她同海天打成一片的單純自然與天真，深深地影響到我的靈魂，這使我靈魂舒展開來，對於人生再不緊張，焦急，憂慮，認真，於是也不再焦急地期待潘蕊的電報，也不再急迫地打電報給她，我知道怎麼樣聽其自然地發展，這樣，我當天夜裡居然有一個好的睡眠，這是我幾個月來沒有的事情。隨著我同尼莎更加接近起來，我的心更加開朗起來，慢慢，我一個人在房內也可以安靜地有興趣看書了。

於是，有一天，羅拉對我說：

「你的相思病似乎好了。」

「是的，我也感到。」

「你是不是愛上了尼莎？」

「不，不，」我說：「這只是感到你們吉布賽靈魂的舒暢，自然，不計較，不緊張，不急迫，同海天打成一片地影響了我的忙迫焦慮的心靈。」

「也許是的，因為吉布賽的靈魂是屬於上帝的，他們知道上帝的意志，知道命運，因此也只有她們最知道愛。」

「不，我不相信這個。」我說：「愛是瘋狂的，緊張的，熱烈的，刺激的，吉布賽人永遠沒有這些，所以永遠沒有愛！」

「你是不懂的，」她笑了笑說：「吉布賽的愛是屬於大自然的，她聽憑自然，不勾心鬥角去追求，不神魂顛倒去迷戀，不借助於物質，不借助於虛榮，她們不知道用金銀、金剛鑽、汽車、衣飾可以爭取別人的心靈與肉體，她們最多用一束鮮花，她們不會用什麼漂亮的計畫，高深的理論，以及動人的言語去折服一個人的心，她們甚至不用說話，因為說話是屬於理性的，她們愛用低聲的曲調，漫越的琴聲，無目的地宣佈自己的韻律，一朝她們雙方觸到了相同的韻律，她們就相愛，你們的愛是表現，追求，爭鬥，爭取，而她們的愛是流露，尋覓，觸到，像一個聲音碰到他的和音，像一個顏色碰到他的和色。所以如果日子多了，你能不能不愛尼莎，這是誰都不能知道的。」

「那麼說來，你們的戀愛是極其原始的，我知道蟬與蟋蟀以及紡織娘一類的昆蟲都是用簡單的歌曲尋覓自己的配偶。」我嘴裡雖是這樣說，但是我心裡的確為其所動了。

「也許是的，但是最原始就是最近上帝。」她說著走開去了，我伏在船欄上思索，可是她隨即又過來說：「朋友，你是永遠想創造自己的，但是你永遠失敗，你迷執於人世的物質與虛榮，迷信那人類所佈置的陷阱，但是你聽著，你沒有不老的青春，你就會死去的，依著上帝所佈置的路。所以，多接近原始的上帝原來的意志，於你總是有益的。」

我沒有回答，她走開去了，我失神地伏在欄上，望那悠遠悠遠的海天失神，一直到尼莎向我身旁走來，我才覺醒過來。

十

這樣我們到了美國，我的心境已經開朗解放，雖然我也想念潘蕊，但我不再苦惱自己，我從容不迫地回她來電與來信。我非常舒服地過我的生活。尼莎還是常在我的身旁，她給我許多自由的沒有威脅沒有勉強的天地。她沒有做作。她同別人在一起時我不妒忌，不同我在一起時我沒有渴念，我一個人的時候，也很能夠在書中尋樂。日子就這樣平安而愉快地過去。

但是有一天，羅拉告訴我，除了她同那個扮紳士的人以外，尼莎她們五個人要去南美了。我不假思索地說：

「那麼我也跟她們到南美去玩一趟。」

「你？」羅拉驚異地說：「那麼你一定愛上了尼莎！」

「不，不，」我肯定地說：「絕對沒有，我只當她是一個小孩子。我愛上的是吉布賽的生活，不，或者說是吉布賽的人生哲學。」

「不，在吉布賽的知識中是沒有哲學的。」

「是的，那麼是人生態度。」我說：「我愛你們曠達，單純，不過分思索研究，對世事沒有執迷，對一切沒有好奇，不故意努力，不立志做一件事，不勉強求知，不奮鬥求成功，沒有理想與希望，生活在你們如悠緩的溪流，闊的路上鋪開來，狹的地方收攏去，不慕榮利，不相信書籍，只相信藍天和明月，永遠在那下面悠閒地過活……」

「對的，對的，那是上帝子女真正的生活，不逆自然，不反常，不執拗，你愛上了它，那麼我相信你沒有說謊，你沒有愛上尼莎。」

「自然，假如我愛上了尼莎，我為什麼不承認？不瞞你說，我是愛潘蕊的，只有跟著吉布賽，我才不會被這份愛情所困。否則我將立刻飛到潘蕊的身邊，情願去做她的囚犯，細嘗那地獄的痛苦了。」

「好的，」羅拉說：「那麼你去準備吧，她們動身的日子大概是下星期三四。」

……

在我回到我的房間的時候，我接到一封潘蕊的信，她是叫我早點回去的。於是我回信告訴她我要去南美的計畫，回來說不定要一年半載。

我用航空寄出這封信，但是第三天的夜半我接到她的長途電話，說無論如何請我等一等，她明天去告假，後天就坐飛機到美洲來看我。

我把這消息告訴羅拉，我害怕的是她一到了，我就會不能自主，要被她捉回去的。但是羅拉以為潘蕊所怕的是我愛上了這裡的吉布賽少女，不是一定要逼我回去。

日子提心地過著，她終於來了。我在飛機場接她，一進汽車裡她就說：

「你愛上別人了，是不？」

「沒有，沒有。」

「說實話好了。我知道你在船上同一個叫尼莎的女孩很好。」

「你怎麼知道？」

「你們同船有一個人告訴我的。」她說：「那麼你一定已經愛上她了，她比我純潔比我年輕，是不？」

「你怎麼說這樣的話？」我說：「我只當尼莎是一個小孩子。」

「那麼你為什麼要跟她到南美去？」

「你怎麼說，說我跟她？」

「跟她是與跟她們一樣的。」

「我不過要過吉布賽的生活。」

「那是沒有疑慮的，你雖然不承認，但是你下意識是愛上她了。」她說完了愣在那裡。我尋不出話來辯解自己，我沉默著。

那時車子已經快到旅館了，我想到了羅拉，羅拉與我住在同一個旅舍，她因為上午有事，所以沒有同我去接，但是她答應這時候回旅館等我們一同去吃飯去。於是我對潘蕊說：

「現在不談這問題好不好？回頭你問羅拉，羅拉會給你證明的。」

一到旅館，我把潘蕊送到羅拉的房間，羅拉已經先在了。我說：

「你們先談一會，我就來。」說著我就出來，回到自己的房間吸一根紙煙，我的心非常不安，所以當一根紙煙還未吸盡的時候我忍不住又到羅拉的地方，但當我剛走到門口，我聽見羅拉的聲音：

「……你為什麼要整天地應酬呢？」於是我站住聽下去了。

「應酬就是廣告，就是明星職務上的工作，這會使我紅，使別人知道。」是潘蕊的答語。

「但是，你知道他痛苦，他為你痛苦，但是他不願意你知道，他怕擾亂你的生活！」

「他為什麼痛苦，是不是對我厭倦了？」潘蕊不安的聲音。

「假如厭倦，他為什麼不走呢？老實同你說，潘蕊，你愛他，不過是用他的愛情培養你的生活，點綴你的生活，並不是用你的生活去培養你們兩個人的愛情。」

「……」潘蕊似乎沒有回答，但是半晌我聽見她覺悟似的說：「那麼這痛苦正如我在中國感到的一樣。」

「我想是的，在中國是的，他一定用你的愛情在培養他的生活。」羅拉伴著她的腳步的聲音在說。

「……」潘蕊似乎又沉默了，歇一會接著說：「那麼怎麼辦呢，羅拉，難道我們沒有十全的幸福了？」

「問題是你要愛還是要生活？」

「要愛怎麼樣，要生活怎麼樣？」潘蕊用空虛的聲音說。

「要愛，你們倆都要為愛生活，為培養這份愛去生活，要生活，你們分開了各歸各去生活。」

「分開了我們怎麼還有生活呢？在我至少是沒有了。」

「那麼為愛去生活。」

「怎麼樣為愛去生活呢？」

「犧牲你們生活上的理想，事業上的欲望，在大自然的空氣中，聽憑上帝的意志，享受你們的愛情，體貼對方的心境，這樣你們兩方面都會年輕，都會快樂。」羅拉用肯定的語氣在說。

「……」潘蕊似乎又沉默了，半晌才說：「那叫我怎麼去著手呢？」

「你假使願意，那是很容易的。」羅拉用沉重的語調說：「辭去你的職業，放棄你的生活，伴著他到南美去旅行。」

「好的，好的，我一定這樣做。」潘蕊興奮地說這句話的時候，我敲門了。

「進來！」這是羅拉的聲音。

我進去了，潘蕊立刻興奮地用手挽著我的腰說：

「親愛的，我同你一同去南美！」

「你？」我說。

「是的，我決定辭職了。」

「啊，」我笑著說：「你一定受了羅拉的煽惑了。」

「你……」潘蕊剛要說話的時候，我說：

「潘蕊，到我的房間去坐一會吧。」說著我挽著潘蕊到我的房間。她一進門就說：

「那麼你一定是愛上了尼莎，所以不要我去南美。」

「潘蕊，請相信我，不要懷疑這些，我現在的痛苦不許我靜心地多談了。」我說著不覺流下淚來。

「真的，你是只愛我的？」

「自然，我是你的，你放心。我愛你超過於愛自己。」

「……」她似乎安心而沉默了。最後我說：

「你累了，你歇一會吧，或者洗一個澡。」

她聽我的話到浴室去了，我於是奔到羅拉房間，一進門我就責問她：

「羅拉，你為什麼沒有得到我同意，就把我的痛苦告訴了潘蕊？」

「為你們可憐的矛盾。」

「你為什麼叫她辭職到南美去？」

「朋友，」她感慨地說：「你這樣責問我是什麼意思，難道你真的愛上了尼莎。你知道我是在為你與潘蕊的愛打算。」

我急迫地說：「潘蕊需要她在歐洲這樣的生活，也只有這樣的生活可以培養她的青春與美。」

「不，」羅拉說：「只有你的青春與美可以培養她的生活，如果你再痛苦下去，你會憔悴，你會自殺，那麼她也是沒有生活的。」

「但是我不要她知道，我願意自己痛苦與死，我要她有所愛的生活。」

「但是每個人需要愛遠超過他的生活。」

「不過事實是這樣，她在中國是痛苦而憔悴了。」

「這是你沒有給她愛，你只是用她的愛來維持你理想的生活，正如她現在對你一樣，她沒有用生活來培養這愛。」

「那麼，」我搶著說：「那麼你現在叫她離開她愛過的生活，是不是會使她痛苦呢？」

「不會的，只要你肯為愛生活，你們肯犧牲愚蠢的事業的理想，低能的人世上的野心，你們就會快樂。所以吉布賽人永遠是愛的，永遠是快樂的，雖然常常缺少錢用，但不缺少愛來享受。這是真正上帝的兒女，不是帝王的奴隸！」

「但是人類是不斷地創造……」

「是的，不斷地創造，創造了房屋，創造了衣飾，創造了機械，創造了槍炮，創造了社會組織，互相傾軋，壓迫，剝削，殘殺，強姦，賣淫，但從沒有創造出愛過！你們已經創造夠了，那麼再去創造吧……」她說到這裡忽然不說下去了，坐到椅上沉思，最後她冷靜地古怪地問我：「你不要潘蕊辭職去南美，到底是不是因為你愛上了尼莎？老實告訴我，朋友？」

「實在沒有，」我說：「你為什麼也會猜疑到這層？」

「那麼不要說了，將來你就會知道我的話是真理。」她說著站起來，看看錶說：「時候不早了，我們一同去吃飯吧，潘蕊在你的房間裡麼？」

十一

這樣，沒有幾天以後，我們就動身去南美。潘蕊開始同五個吉布賽青年交往，起初因為她們不愛聽一切冗長的談話與敘述，覺得她們太冷一點，但自從在藍天明月之下，低歌幽琴曼舞之後，她就瞭解她們的興趣與態度。我們大家快活，恬靜，沒有爭執，沒有嫉妒地過著美滿的生活。我與潘蕊間再沒有懷疑，不安，擔心，我們生活打成一片，正如我們的愛打成一片一樣，二者再沒有矛盾與衝突了。我已經相信羅拉的話，吉布賽的生活是專為培養永生的愛情的，而我們也終於將生活獻給愛神，我們看不見人世的權利與虛榮，我們只見藍天與明月，我們忘卻了人類所創造的不同的哲學與理論，我們只聽見每個人愛與情感的韻律，我們再不是社會偶像的奴隸，我們成了上帝的兒女。

幾個月的流浪，我們認識了更多的吉布賽人了，我們已經被他們同化，再不愛說話，爭論，再不想人間的是非與究竟，也不想知道人間冗長錯綜的故事與各自自圓其說的理論，我們活在情感與愛的裡面，嬉戲而簡單的生活當中，我們再不想跳出這諧和的世界，我們已經沒有事業的理想與人世的野心，我們相信只有這個世界裡生活與愛是不相衝突與矛盾的。我們要恬靜地依著上帝的意志，過我們簡單而諧和的生活。

於是我們聽憑自然的推動，在各處流浪。我們歌唱心理的節拍，舞蹈身體的韻律，我在遊戲裡生活，在遊戲裡工作，到處有我們吉布賽的朋友，大家低吟著心底的歌唱，不招呼，不交言，對著天空，我們獲得互契的安慰。

日子就在深沉的愛中，諧和的生活裡，自然的遊戲中消磨。

現在，悠悠十年的光陰，就這樣悄悄地過去了。需要錢的時候，我們曾用自己所愛的歌唱與舞蹈，向紛紜的人世乞食；我們也學會小偷的本領，用玩世的態度，偷取人世的財帛；而現在，我是同羅拉一樣，在各處看相與算命，潘蕊則假裝貴婦人的模樣，永遠坐在我的對面，依著我的話表演人世間的喜怒哀樂。我們在各大都市的旅館，飯館裡出入，猜度人們對於其自己事業的希望與對於創造人世的野心，去戲弄他們的信仰、情感與好奇。我們生活在遊戲之中。

我們不依社會偶像的意志工作，我們只依上帝的理想而生活。

我們是上帝的兒女，不是帝王的奴隸。

荒謬的英法海峽

一

渡輪的旅客座恐怕只有火車三分之一，許多人都到甲板上去，甲板上有幾隻零星的椅子，不久也都坐滿了。我只好把我手上的一隻輕便的提箧，放在一小堆行李前面，當作凳子，因為正靠在一卷軟的被包上，所以坐下去也還舒適。從火車到輪船所鬱積的熱燥與疲乏，這時候才得到一點輕鬆。

天陰著，有點風，船不久就啟碇，風也大了起來。夏季的衣服已經不能禦寒，於是我穿上雨衣，束緊了腰帶，豎起衣領。我感到十二分的疲倦，周圍零亂的旅客我都沒有注意。

這時有一個中年的紳士提著兩隻手提箱上來，就在我的附近，同我一樣地坐下來。拿出很大的手帕揩他自禿頭到額角的汗，發出牢騷似的感慨：

「世界進步到現在這樣，工業發達像英法這樣的國家，又不是沒有錢，這短短的海峽中間還不能架一架鐵橋或者打通那海底通火車，叫每天成千成萬的人來受這個罪，真是！」

附近有個席地而坐的少年就把這問題問一個在他旁邊抽著煙斗的中年：

「真的，怎麼他們不知道通火車？要是在我們的美國，我想早就通火車了，是不是，爸？」

「我想因為他們是兩個國家的緣故，所以大家恐怕對方的侵略與襲擊。」

「其實要打仗的時候，把他炸毀了就是。」說這話的是另一個少年。

「那麼，照歐洲這樣的情形，沒有造好以前，恐怕已經要炸毀了。」
「這那裡會，英法現在正在親善。」又有新人參加了。
「我想或者還是英國不贊成，英國有更強的海軍。」另外一個聽到討論而走過來的旅客。
「法國也不會贊成。因為大家在防守這個邊疆已用了不少的金錢與心力，另開一條陸路，以前設計好的炮臺防壘都將有大大的變動了。」
「英國人冷靜怪癖的民族性就因為與歐陸沒有陸路的聯銜，如果有了聯銜，英國就不是英國了。」這似乎是英國人的聲音。
我沒有對他們注意，聽到這句話倒有點有趣，因為這種說法與中國風水的道理有點相近。想到這地理與民族性的關係，我不禁舉目四矚。天陰著，黑雲灰雲一層層地推動，歐洲的陸地正在煙霧中渺茫。風不小，船自然很有點波動；我想假如這隻船是第一次試行去探那向來無法往還的島國，這情形又如何？現在大家在要求直接通車了，當沒有交通的時候，歐陸上的人會不知道那個島上的種種？那時商船一次一次為海盜劫掠，旅客懷著鬼胎在這些海路上航行，船隻上都養著許多武裝的衛士，時時肉搏流血。就在這樣的船上，一聲銃響，金鼓齊鳴，千百個好漢在煙霧之中從他們盜船中飛過來，斷桅斬索，刀槍齊發，於是死的死，倒的倒。最後他們將你們武裝解除了，把著你們的舵向天涯駛去。每個旅客被他們逼下海，行李財產女子為他們享用，此後就永久不知道這船的下落。幹這勾當的是英國的祖先。
但是，現在……

二

一聲炮響，接著是我不懂的燈語，又是兩聲炮響；我們的船忽然是加速的駛起來，但又是兩聲炮響；船上的人大亂起來，女人哭，孩子啼，男人們大家手足無措。大概是中了彈，我們的船有了一下巨大的震動。於是船停下來了，桅杆上豎起了白旗。

我看見女子們搥男子們的胸脯問辦法，孩子們拉著娘的袖子，男人們都嚇得目瞪口呆。

於是一隻高大的船駛近了，桅杆上揚著黑底的白色骷髏與屍骨的旗幟，船沿上站滿了滿臉鬍子戴著黑帽的人，骷髏屍骨是他們的徽章，大家一隻手閃著彎刀，一隻手握著木殼槍，還有些拿著火把。一聲吼喝，有的像猿猴般拉著繩索飛過來，有的像獅虎般跳過來，有的像蝗蟲到稻田般落下來。這時旅客都發著抖，沒有一點聲響。他們過來了大聲一呼，紛紛到四下走開去，其中有一個問：

「船長是那一位？」

大家傳進去，於是船長答應著出來。

「請勞駕到我們領袖那裡去一趟。」

船長於是同兩個人去了。這裡的海盜們令我們所有的旅客到船尾的一間大房間內，接著是搜索我們的衣服與鞋襪，將金錢手錶戒指，以及一切女子的首飾等搜括盡了，又把所有頭二等車票的人都點出，拉到另外一間房去。我不知道頭二等的客人以後怎麼樣，我們大概靜候一個點鐘以後，一個非常魁梧漂亮穿著藍色軍裝的人來了，我不知道他是誰，一直到我在他左襟上看到一個黑底白骷髏的徽章，才猜想到他是海盜的領袖。他年紀不過三十歲，上唇是一排美麗的鬍子，腰帶上束著兩支手槍，一隻手就按在槍柄上，旅客們都屏息而立，這時他的嘍囉們早已散在我們中間，他從頭巡閱過來，幾乎每個人都有很長的詢問。有幾個被他點出去，其中有三個年輕的衣服不十分華麗的女子。我從她們的面貌表情，看不出她們心理裡的害怕。

船身搖得很厲害，我已經站了兩個多鐘頭，所以實在有點吃力了，可是他才問完了第一排。我是站在第二排中間的，所以又隔了半個多鐘頭，這個漂亮的盜魁方才到我的面前，他對我微微點下一頭，沒有笑容，但是和氣地說：

「你是中國人還是日本人？」是純粹的英國語。

「你看見過日本人有我這樣長嗎？」我說。

「對不起，叫你中國人今天也吃驚了！」

我吃了一驚，半晌回答不出話來，他居然會說中國話，雖然不十分好，但並沒有說錯。

「你貴姓？」

「徐。」

「什麼？」

「徐。」

「我沒有聽見過。」

「這是中國姓。」

「你為什麼到英國去？」這句話口音好像責問似的，使我笑了。

「你可是問我到英國去幹什麼？」我說：「我想我們還是講英語或者法語於我們方便些。」

「但是我會說中國話。」他很驕傲地說。

「那麼，假如我聽錯你的話，請不要誤會。」

「不要緊，」他說：「你到英國去為什麼？」

「遊歷。」我說：「我是去遊歷的。」

「遊歷？那麼好，先到我們那裡去玩玩好不好？」

「你們那裡？」

「是的，那是一個美麗的島。」

「不。」

「你害怕？」

「不，我到英國還想訪幾個教授。」

「那麼你是來學書。」

「是的，我是來讀書的。」我改正他的「學」字，又說：「我在法國讀書，假期中所以到英國去一趟。」

「讀書！」他大聲地笑：「最愚蠢的人才到所謂大學裡去讀書！」
「你以為？」
「你一定要到我們那裡去。」
「我的東西你們都拿去了。要我人有什麼用呢？」
「你的東西，哈哈……」他又是笑：「加十倍還你也可以，但是你必須同我去。」
「要我有什麼用呢？」
「於你有用，讀書的人不到我的世界，等於沒有讀書！」
「那麼我可以回來嗎？」這時我的好奇心已經超過我的害怕。
「自然可以，但是你假如真是有智慧的人，你自己會不想回來的。」
「但是……」我說不下去，因為實在說，我在法國與英國都沒有什麼可戀念的東西。
「假如我用武力叫你去，你難道有法子不去嗎？」
「好，那麼我去。」
「但是，這是你自己答應我的，不是我武力威脅你的。以後不要說我用武力威脅你們中國人。」
「自然，我自己願意去。我的目的是遊歷，遊歷一個稀奇之鄉是難得的。假如我不願意去，那麼我是要等你的武力拿出來的時候，方才沒有辦法而服從。」
「那麼請站到那裡面去。」他指著已經站出的五個人地方。

我於是站出去了。

等他將所有的旅客都檢查過了，他同幾個嘍囉帶我們出來。其餘的旅客都被鎖在裡面。

「那面船員們都蒙上了眼。」他指著船頭方面說：「他們要到明天才能辨出方向，你看這四面的山障，那面就是我們的世界。」

船突然停了，兩面是兩隻海盜船。（這時候有兩隻了。）許多人開始將貨物搬到右面的船去，盜魁叫我們到左面的船去。

這時我看見有幾個頭二等車裡的客人，就是剛才第一次被點到另一間去的，被他們押出來，到裝貨物的船上去了。

「為什麼他們到那隻船上去？」我問盜魁，但是我隨即後悔我的魯莽。

「這是貨物。你知道，他（她）們每個人要值萬鎊呢？」盜魁笑著說。

「賣掉？」我驚奇了，這個販賣人口的把戲使我感到太慘了。

「賣掉可以值這許多錢？你真傻，野蠻人的把戲我是不幹的。你放心。來買的會是他們的家屬。」

「……」我不響了，跟他上了左面的船。

三

好漢們大家喝酒；
寶劍換來都是自由，
我們有醉的時候，
我們的寶劍永不生銹：
好漢們請大家喝酒，
勝利帶來的是富有，
生命有盡的時候，
但是永生著我們的自由。
……

響著這樣的歌聲，甲板上氾濫著香檳，這隻盜船開了。後面留下那隻渡輪。盜魁又舉著酒杯！

好漢們請大家喝酒，

寶劍換來才是自由，
我們有醉的時候，
我們的寶劍永不生鏽；

於是大家應和著：

好漢們請大家喝酒，
勝利帶來的是富有，
生命有盡的時候，
但是永生著我們的自由。
……

盜魁給我一杯酒，同我碰一下杯，遙指那隻渡輪說：
「祝這隻蠢船安睡一天一晚吧！哈哈哈哈……」
天已經黑了，隱約的四圍是重重疊疊的山。風已經很小，船可不慢。這時船身驟然轉彎了，我想望一下沉睡在那面的渡輪，但已經不能夠看清。
我注意這隻海盜的船，但沒有一點特別的地方，那群海盜們在狂飲狂歌，可是沒有一個女子，我心裡覺得奇怪。

盜魁拉我到了艙內，坐在沙發上，他開亮旁一盞燈，燈光照在他的臉上，我發現他臉上藏著勝利的悲哀。他說：

「現在是世界以外的世界了，是不是你第一次到？」

「自然第一次。」

「那麼你覺得怎麼樣？」

「什麼怎麼樣？」

「美麗嗎？」

「這隻船嗎？」

「這裡的空氣。」

「我還不敢批評。」

「你儘管大膽地談，我是愛中國人的。」

「我奇怪，像你這樣文雅的人，為什麼做海盜？」

「海盜？為什麼是海盜？我是我們世界裡的領袖。」

「你們的世界？」

「自然，等於一個英國或者法國。」

「但是你搶劫別國的船隻。」

「搶劫？這算搶劫嗎？日本在你們中國每年搶劫多少？英國在殖民地上每年搶劫多少？法國在殖民地上每年搶劫多少？我這樣算搶劫嗎？」
「但是你擄掠別國的人民。」
「擄掠？難道你以為我擄掠你嗎？」
「不，譬如我以外的人。」
「他們都自己願意來，願意來過自由平等的生活。」
「但是你還綁票。」
「啊，那啊，那些都是富翁，大商賈，大廠主，平常剝削人多了，我敲他一點竹槓有什麼不好？」
「啊！你原來是一個共產主義者。」
「你知道共產主義？」
「我知道，是的，因為我愛聽近代思想的。但是我不是共產黨。」
「共產黨，哈哈……我也不是。」
「你不是？」
「自然不是。」
「但是你的主張不就是共產主義嗎？」
「我曉得，但是如果你說的共產黨是第三第四國際下的共產黨，我可不是。」

「那麼你還是海盜，你有英雄主義的劣根性。」

「笑話，我領導的世界是和平，自由，平等，快樂，沒有階級，沒有官僚。」

「這不過是你的烏托邦。」

「但是我在實現。」

「你要把它叫做第五國際嗎？」我玩笑似的說。

「我不相信一切的組織。」

「一個社會可以沒有組織？」我說。

「假如世界上有沒有組織沒有階級的社會，那只有這個我們領導的世界。」

「但是我們從來沒有聽見你的名字過，我只聽見斯大林，希特勒，羅斯福。」

「因為我是平民，而他是元首。」

「我不懂。」

「你自然不懂，一句話，他是領導並且指揮國家的，我是受大眾領導並且指揮的。」

「我還是不很懂。」

「你從他們專制，殺人，殘忍，造謠的地方想想，就可以懂了。」

「這話有點古怪。且不說別人，就說你呢？別人不服從你，你難道不壓迫別人。」

「不，絕不。比方說剛才同你一起來的人，那些都是他們自己願意來的，如果有一天他們不願意住下去，我們立刻可以送他們出境。」

「假如他們到外面去報告人，大家要派兵艦來剿你了。」

「他們不知道如何進來，也不知道如何出去，怎麼去報告。」

「那麼你的軍隊？」

「軍隊則是不許回去的。不過這是預先聲明過，做了軍士，就得終身不能出境。但是他們可以不當兵去做工。」

「做工？」

「自然，每個人都做工。」

「工廠嗎？」

「你以為我們是草寇嗎？我們的工廠以及一切建設可以超過你們中國，你不要生氣，這只是一個說明。」

「那麼為什麼還要行劫？」

「這第一是為軍隊的訓練，第二是錢，我們要買原料，買糧食，買機器，買軍火。」

「向哪裡買去？」

「有錢哪裡不好買。」

我愣了半天，沒有說什麼。

窗外已經看得見燈火，他說：

「到了，你看。」

船果然向碼頭靠攏去，我心裡想，一定有許多要人在迎接或者有軍樂隊的歡迎，或者有禮炮的致敬，或者有少女來獻花，或者有群眾歡呼萬歲；但是一點也沒有，只有一群普通女子與一些小孩子在，黃種白種黑種都有。船靠好，好漢們對盜魁說聲再會都散去了。各人找各人的女人與孩子接吻。

有新聞記者上來，向我們攝影並且探聽消息。還有幾個拿著旗的人上來，招待新到的人民，並且過來問我。

「不，他是我的賓客。」盜魁說了，他們就領那些同我同時點出的那些人去了。盜魁同尚未下來的一二個夥伴說了一會話，我一個人等著。

不一會，人一個一個都散了，船上的燈也滅了，正如客人散後的客廳，觀眾散後的戲院。那盜魁也走過來了，手裡提著我的一隻手提箱。

「怎麼樣？」我問。

「到我的家去。」他一面說著，一隻手提著提箱，一隻手拍拍我的肩頭。

「你不是領袖嗎？」

「是啊？」

「怎麼？」

「你奇怪了，是不？我說過我同平民完全一樣的。」

「但是他們……？」

「誰。」
「你的軍隊？」
「軍隊怎麼會是我的，是這個世界的。」
「那麼……我實在不懂。」
「你慢慢會懂。」
「那些女人呢？」
「是他們的妻子，有的已經有孩子了。」
「那麼你呢？」
「我還沒有結婚呢。」
我忽然覺得他正提著我的提箱，心裡浮起一種歉愧，我說：
「我來拿吧。」說著我伸過手去。
「我拿不一樣嗎？」他沒有交我。
說著說著，我們已經步行到街上，這等於我在普通碼頭下船到街頭一樣，一點沒有什麼特別的地方，只是街上人種很雜。我問：
「這裡是什麼人種呢？」
「那裡的人都有，誰都可以來，這是在蘇聯所辦不到的，你愛蘇聯，但不能到蘇聯那邊去做工，只能到那邊去花錢。」

街上很熱鬧，但是電燈不多。我起初很奇怪，後來發現兩面都很黑。「很暗是不是？因為這裡是沒有商店的。」他好像看出我奇怪態度似的說。

「那麼？」

「一切食物我們會送到每家的家裡去的。」

「那麼別的東西？」

「去領。」

氣候很好，微風如夢，路上個個人都互相招呼，見了他也都同他說晚安，但沒有人同他詳談，他同我並著肩走，大家靜默著，我忘了他是海盜的盜魁，我感到他是可愛的青年。

「快到你家了嗎？」

「還要過兩條路。」

大家又沉默了，地很平，天似乎很高，隱約地有幾顆星在天空閃著，我同他的腳步聲是合一的，這聲音一聲比一聲寂寞似的，最後似乎已經寂寞到我的心坎。

四

在一個昏暗的門前，他停下來，他按了一下電鈴，於是門就開了，應門的是一位妙齡的少女；他同她接吻，我以為這一定是他的情人了，但是他隨即用英語說：

「小妹妹，我帶了一個遠方的客人來。」於是替我介紹：「這是……」

「我姓徐。」

「啊，徐先生。這是我們的妹妹培因斯。」

我隨他們兄妹到裡面，裡面正預備好飯桌，一個老婆婆站在飯桌面前，他跑過去同她熱烈地擁抱接吻，接著他說：

「我帶了一個遠方客人來，媽，這是徐先生。」

我同她拉拉手。於是他領我到盥洗室。我出來了，他自己進去；他出來的時候換了一件中國袍子。

「徐，你看我像中國人不？」

「不，但是奇怪，你怎麼有這樣的袍子？」

「我愛中國。」

「我不懂。」

「回頭你就會懂。現在我們吃飯去吧。」

「你妹妹呢？」我看不見他妹妹，於是問。

「她在廚房裡，你先坐吧。」

我們同他母親三個人坐下了，他的妹妹拿湯出來。我很奇怪這個所謂領袖的家庭中竟沒有一個僕人。我幾乎懷疑他是這個世界的領袖了。

「徐先生；還是第一次到這裡吧。」他妹妹坐下的時候問我。

「自然，這是第一次，像在夢裡一樣。」

「要是飯菜吃不慣的話，請你告訴我，一點不要客氣，像你自己家裡一樣好了。」

「不會，歐洲的飯菜是我吃慣了的。」

「不過說到好吃，我知道這絕不能同你們中國比，但是這裡沒有法子辦。」

「你吃過中國飯菜？」

「吃過。」她望望她的哥哥，接著一個頑皮的笑：「你相信嗎？」

「在中國吃的嗎？」

「不，在這裡。」

「在這裡？」

「是的，這裡好像沒有中國人，可是你並不是第一個。」她望望她哥哥，又一個是頑皮的笑。

「這怎麼講？」

「三年前有一個中國人來，那是第一個。」

「現在還在嗎？」我有點興奮起來。

「在。」她說：「明天，不，明天星期三，星期日我們可以一同去找她？」

「啊，你的中國衣裳是不是那個中國人送給你的。」我問她的哥哥。

「我希望你同我說中國話。」

「那麼，你的中國話也是從那個中國人地方學來的。」

「也許是的。」他笑了，這個笑容很像他的妹妹，我覺得可愛。

培因斯進去拿菜了，那位老婆婆拿麵包給我，說：

「你也吃得慣麵包？」

「自然，天下麵包同樣飽。」我笑了。

「你是一個有趣的孩子。」

「中國人一定都是這樣有趣的。是不是？媽？」

我忽然想起來，我還沒有知道他的名字，於是我問：

「我還不知道尊姓呢？」

「我姓史密斯。」

「那麼你是英國人了。」

「我自幼在外國流浪，所以沒有國籍，姓名不過為便利隨便叫一字就是。」

菜是兩盤，以後是水果，一切都是培因斯分給我們的。

最後是用咖啡了，他叫我拿著咖啡到他私室裡去；同時他就對他的母親與妹妹說晚安。我自然也對她們說明天見。

他一面走，一面說：

「她們都要早睡，現在我們可以好好地談一談。」

於是我們就上了樓梯。

這是一間寬闊的房子，放著床，放著許多書架，也放著寫字檯，檯上堆滿了東西，他指一個沙發叫我坐下。

「謝謝你。」我接著說：「我很奇怪……」

「奇怪什麼？」

「許多事情都奇怪。」我說：「譬如你的母親和妹妹，為什麼不到碼頭來接你？」

「我母親老了，走不方便。而且她們要預備晚飯。」

「那麼你出門幾天了。」

「不過一天，這在我們是常事，等於辦公。」

「我更不懂起來。」

「你不懂也好，但是慢慢會懂。」

「那麼到底你是這裡的領袖嗎？」

「自然是的，難道我騙你？」

「可是……」

「因為你第一次看見平民的領袖，所以你不相信。」

「也許是的，不過我不明白你是怎樣治理這個地方的。」

「為什麼說我治理？這是人人都是在治理的。」

「比方說兩個人爭鬧。」

「不會有的事。」

「比方說有人爭你的地位，或者反叛你。」

「我沒有享受的地位，只有勞苦的工作；誰要幹誰都可以代替我。」

「那麼你是被選舉的。」

「是的，所以只好多吃點苦。」

「我不懂。」

「你用不著懂。」他給我一支煙，自己也抽了一支說：

「你說點中國的情形怎麼樣。」

「那最好你到中國去看看。」

「因為沒有機會去，所以要問你。」

「可是叫我說哪一方面好。」

「你為什麼要到歐洲來讀書？」

「實際上也只是要知道歐洲的情形與文化。」

「那麼你是算研究什麼的呢？」

「我愛一切文化，但說不到研究，可是我最不愛軍事與政治。」

「是的，這本來不是文化。」

「但是你正幹著軍事與政治。」

「這不過是責任，我所愛可不是這些。」他換了一口氣又說：

「我愛一個有理想的太太，養兩個理想的孩子。」

「那麼你為什麼不結婚？」

「因為要合乎『理想』，這就難了。」

「那麼你對於這裡的軍事政治都合乎理想了。」

「這裡政治已經等於沒有，這裡沒有政府；這裡的軍事，等於音樂隊裡一個指揮，每個人都是藝術家，指揮者不過使其統一而已。理想是世界大同，世界未能大同，小世界中總不會太合於理想的。」

「人類的進化是這樣的。慢慢來。」

「所以一個人不能實現理想是寂寞的；因此還要一個可實現的小世界的理想，這就是一個理想的太太與兩個理想的孩子。」

房間裡是靜寂的。我們從他這個理想，談到各民族的理想與努力，以及各地的文明與文化，科學與藝術……

我們吸著煙，談話談得愈來愈渺茫，鐘聲滴答滴答在響，終於敲了一下，我看看已經一點鐘了，我說：

「你該疲倦了，我想。」

「啊，你一定要睡了。我明天可以有一天休息，不要緊。」他又說：「我陪你到你的寢室去。」

他說著站起來，又說：「明天我可以陪你去玩，後天我沒有工夫了。我想或許我妹妹可以伴你到各處走走。星期日我們一同去拜訪那個中國人去。」

「……」我沒有說什麼，跟著他出來，他指給我隔壁的盥洗室，於是領我到一間小巧清潔的房間。

「地方很小，不知你睡得好否？」

「你還客氣嗎？」我笑了，因為他的客氣與他很不調和。

「明天見。」

「明天見。祝你夜安。」

他為我拉上了門。一個漂亮的高雅的人影，就在我面前消失。

五

第二天是一個晴朗的好日子。我一覺醒來，還以為一切都是夢。可是身子在小房間裡，太陽已經照滿了前面的窗子，窗簾是淺黃色的，更顯得亮爽愉快。

我從盥洗室出來，史密斯君已經等著我，說：

「你睡得很好吧。」

「太好了，你看已經不早了。」

「這樣，我很安慰。」

「你早起來了？」

「我必須早起，趁這時候辦一點事。」他說著催著我，又說：

「你來吃點東西吧，吃完東西我們可以出去。」

他說完了帶我下樓。

飯桌上擺著一個人的食具，我知道他們早已用過了，他到廚房去，他幫他母親拿東西給我吃，他說：

「我妹妹已經上學去了。」

我心裡非常抱歉。匆匆吃了一點。吃完了就同他出門。

這一天中我好像已經跑遍整個的城市，清潔是這裡的特色，我不能一一描寫我所見所到的地方，因為我不是在寫遊記。許多零碎的感想我也忘了，只是街頭上非常冷清，他告訴我人民這時候都在做工了，十二點半的時候我們到一個地方用飯，人很擠，他幾乎同每個人招呼。用完飯我們又走出來。那裡沒有電車汽車，但在兩點鐘的時候，我看見汽車載了許多人在街上走，這些人都唱著歌，像是旅行的團體一樣。他說是送到工廠裡去的。下午在路上還碰到幾個同他招呼的人，他說這是昨天同船的海盜，但是衣服很整潔，面上也沒有鬍子，似乎一點不像。

「啊，不是一點不像麼？」

「昨天他們化妝過，所以你不認識了。」

「那麼你們簡直是演戲。」

「一點不錯，戲散了大家是普通公民。不過我是在演著主角吧了。」

「你怎麼相信現在你們不是演戲呢？」

「也許是，人生不過是一個大舞臺。不過演戲就是責任。誰都需演戲。」

「那麼，何必這樣認真。」

「哪一個戲子在舞臺不是很認真？這所以是人。」

我沒有說什麼，跟著他跑了許多的美術館博物館。

回家已經不早，他妹妹換了一件很素雅的衣服歡迎我們。

飯桌上我們談談今天的行程。培因斯說：

「他陪你去的，你一定都在別處看見過。明天我陪你去玩，下午我沒有功課，兩點鐘的時候我們出發。」說完了臉上波動著頑皮的笑容。

「你陪去的地方無非是鄉下的海邊。」史密斯說了。

「在你們家裡打擾，還要你們費許多時間陪我，我實在太過意不去了。」

「你放心，將來我哥哥有求你的事情正多呢？」培因斯說完了又是頑皮的笑。

「今天你早點睡，明天上午你以可在我房裡看看書，下午看她有什麼新鮮的地方陪你去。」

「你會騎自行車嗎？」

「會的。」

「那麼好極了，我們騎自行車去。」

回憶我白天的印象，我覺得這裡騎自行車的人實在多，於是我說：

「你們這裡騎自行車的人可真不少。」

「十六歲以上每個人都有一輛的。」

「為什麼不用馬達自行車呢？」

「汽油，這裡少汽油，而且地方不大，也還用不著；鄉下的地方，我們多用騎馬。」

八點半我們用好了飯，閒談到九點半；我又在史密斯的房內談了一個鐘頭，十點半的時候，我已經在床上。

第二天早飯我們一同吃的，飯後他哥哥就出去了，我幫同培因斯拿碗碟到廚房去。

「我自己會收拾的。你還是自己歇歇吧。」

「我實在太閒了。」

「你覺得這裡生活快樂嗎？」

「能夠幫你做點事情我想一定會快樂的。隨便那裡都會快樂。」
「那麼好，你就為我管這家裡的事吧。」
「好，一直到你有嫂子。或者到你出了嫁。」
「這是別處的風俗，這裡弄家事的都是求學時代的孩子，這也算是一種學業，所以我們一天只有三點功課。學校出來是做工，嫁人以後也是做工，有了孩子，假如那家沒有其他女孩子，於是就兼管家事了。」
「那麼，請原諒我的失言。」
「不能原諒你的第二句。」
「什麼第二句。」
「你假裝忘了，你這壞孩子。」她看了錶說：「啊，不早了，我要到學校去。」她從後院裡推出自行車，說：「再會，再會。」
「我可以送你去嗎？」我看見後院裡還有一輛男子的自行車，我說。
「你追得上我，你去；一個人回得來，你去。」
我立刻推那車子到門外說：
「追不上你我拉住你；回不來我在你校門口等你放學。」
這樣，我就一直伴她到學校。我自然沒有到學校裡去，我騎著自行車在校外轉轉，我想假如我可以在那裡面教書，自然最好是重新讀書，這該是多麼幸福的事。

在一個公園面前我跳下來，門口寫著請自行車不入內。我正不知把車子放在什麼地方好，碰巧一個送報的孩子也騎著車過來，我說要買一份報。

「買？」他露出滑稽的笑容：「你是不是那個新來的中國人？」

「怎麼？」我說：「你怎麼知道的？」

「我怎麼不知道，昨天報紙上不是有你的照相嗎？」

我驚奇了。

「那麼你給我一份好不好？」

「每家人家一份，都有數的，你要，我把家裡一份給你就是。」他就交給我一份報。

「那怎麼可以？」

「不要緊，不要緊。」他說完了要走，我說：

「對不住，我要到公園裡去，把車子放在什麼地方好？」

「隨便你放在什麼地方」

「那麼丟了呢？」

「丟了？什麼丟了，那麼大的東西。」

「我是說別人拿去了。」

「啊！怎麼？這車子你是拿別人的。你在同誰開玩笑？」

「我不是這意思，我現在明白了。隨便哪裡都可以放，是不是？」

「自然。對不起，我要去了。我怕送不及。」

「你為什麼不讀書？像你這樣的年紀？」

「我自然在讀書，但是像我這樣的年齡，送報就是我們的工作。」

「那麼你每天都要送報嗎？」

「不，全市的學童輪流著。現在這樣，四星期一次就夠了。很對不起，我不能陪你，再會，再會。」

「再會，再會，謝謝你的報紙。」我對他招招手。

我到公園裡面，走了一周以後，坐在路旁的椅上翻閱那報紙。這報紙可有點奇怪，裡面的事情都用開玩笑的態度談著；也還有關於我的消息，但關於他們打勝仗，擄掠了許多貨物都沒有很起勁的談起，關於與我同來的五個人，一個一個的介紹，都是有趣的傳記，末了說一個定下星期到什麼廠去實習，兩個預備到鄉村去，二個要在下一次做買賣時候一同去。也有關於國際的事情，有三篇不同的分析的短文。但沒有關於中國的。

公園的草地是青綠的，天空是蔚藍的，我一個人在那裡散步；更覺得世事的碌碌與無為，也很有意思在這個冷僻的自由的平等的世界裡作個簡單的人了。但是在這個溫和的陽光底下，天藍地綠之小，使我想到故鄉的秋野。那面農夫們正在割稻，風中都是稻香，在他們質樸的深沉的笑容之中，我同他們有許多話可談，那是任何地方都尋不到的親熱。這種懷鄉病又使我感到到這個地方來的荒謬。

我最後想到我要麼安安定定永遠在這裡，否則就應當立刻出去，早點把學業結束，可以回去；但是永遠不回去怎麼可能呢，即使懷鄉病以後沒有了。可是家裡年老的父母永遠想著我，親愛的姊妹都掛念著我，還有多年的老友，以及自己的天職……那麼還是趁早回去吧。今天遊一天，明天再遊一天，大概這裡的種種可算是看過了，後天星期日，會會那個中國人，那麼星期一我決定出去吧。白雲在天空中漫遊，微風在綠草上漫遊，許多散漫的思想也不斷的在我的腦中浮蕩，於是時間就偷溜過去了。當我看錶知道已是十一點三十五分了，我趕快出來，跨上車子到學校門口。出來的時候，她告訴我是十一點半下課的，我以為學校已經散學了，但是當我正要去問時，看見裡面草地上一大群男女學生推著自行車出來；我立刻騎車到較遠的地方，看他們一個個出來，一個個騎上車，我果然看見培因斯也上車了，還有兩個女子同一個男子同她同路，我於是在她一丈路外尾隨著他們。走過三四條道路，二個女子拐彎了；我看那個男子同她並車徐行，一面在談話，似乎感情很好似的。驟然我心中會浮起一種異樣的寂寞，使我更想早一點逃出這個世界起來，但是這寂寞是可恥的，我自己覺得慚愧，因為這實在是發源於一種本能的妒嫉，而我有什麼資格去妒嫉那個男子，我不過是不到兩天的賓客，而她們是幾年的同學。

不一會，那個男子又向右面的馬路拐彎了：她同他招招手，一個人繼續前進，我就在那個時候追上去。

「喂！怎麼樣，放學了。」

「你，哈哈，你從那裡來？」

「從你的學校？」

「我的學校？我不知道你一定來，所以沒有等你；對不起。」

「我看你出來的，我就在你們後面。」

「我不相信。」

「不相信？我提出證據來，先是你們四個人同路，後來兩個女的轉彎了，於是你們兩個人走，剛才一個男的拐彎了。」

「啊！那麼你為什麼不招呼我。」

「我不願意驚動你們。」

「這是中國的禮貌嗎？」

「不，這是我個人的態度。」

「這真有趣！」

幾分鐘以後，我們已經到家了，他哥哥沒有回來，她告訴我他不會回來吃的，我有了早上的習慣，所以也就很自然的同她一問到廚房去幫忙，搬碗碟。飯後我們就騎車出發，我不知道為什麼我會感到這樣光榮；我已經忘盡了我剛才回去的決心，我也忘去了鄉思，我只覺得我本是這裡的公民，而且好像我是年輕了五年一樣。

我忘了我們談些什麼，總之我們談到各方面的人生與我自己的童年以及中國的風光，還有是這個世界以外的一切。

她告訴我，他三歲以前，坐在搖籃裡遊遍了歐美澳非的各地，也到過遠東的菲律賓，但是三歲以後就在這個世界裡生長。她說她想有機會再到外面的世界去跑一趟。

「難道對這樣仙子一般的生活厭倦了嗎？」

「仙子一般的生活？」

「可不是？」

「生活雖然很滿意，但是一個人不光是為生活，是不是？」

這時候我們經過一個大樓，她說：

「這是這裡最大的圖書館，你以後沒有事可以常在這裡看書，其實你何必到英國去，那面什麼都要錢，錢，要讀書，住在這裡是再好不過的，我想，至少你是沒有來過這裡。這裡還有許多實驗室，也有名師指導你。」

「這是屬於你們大學的，是不是？」

「大學，這裡沒有；有學問興趣的人，中學畢業了；可以請求進實驗室或畫室或圖書館去，那麼他的工作時間可以減少。」

「那麼誰都去這樣請求了。」

「可是事實上不，因為實際上這裡的工作太愉快，比讀書要快樂得多，而且讀書年年要有成績的報告，沒有成績就會取消讀書的資格。這裡中學畢業的只有十分之一的人願繼續研究學問，但是半途被取消資格可很少。」

「這太有趣了。那麼你呢？」

「我不愛繼續研究什麼，這是太枯燥了。他們第一假期太少，一年只有一個月，隨便那裡做工都有三個月。」

「為什麼只有一個月？」

「因為他們說，研究什麼的人在研究之中比什麼都快樂的。」

「假如我在這兒讀書。」

「那麼，你就要先做這裡的公民。」

「但是我有家，我是要回去的。」

「那麼，就是照我說，自己去讀書就是，如果你要進什麼實驗室，我可以同學校裡先生商量到實驗室去問問看，或者你每年付一點錢？」

「付錢？他們要嗎？」

「你要是公民，這裡根本就沒有錢在通用，自然不要錢；你既然不願做公民，那麼自然要付你的消耗。」

「但是我不需要實驗室，我只要圖書館。」

「圖書館，如果你不從導師。那麼根本不要錢；如果要從導師，有關係的也可以商量，只要他個人願意。」

「假如我也做點工作呢？」

「你不是公民，恐怕不可以。因為不知你什麼時候走，也許你剛剛熟練一點要走了，那麼承繼的人一時找不到怎麼辦？」

「那麼我找點零碎的工作，譬如掃街，倒垃圾……」

「這用不著你，這裡有千萬的學生，十二歲以上都分任這些事，先是送報，後來掃街，再後來倒垃圾，再後來要修電燈，自來水管，都是學校功課的一種。」

「那麼你呢？」

「我，我是女生，女生要管家裡的雜務。」

「照這樣說，我沒有事情可做了。那麼讓我永遠這樣陪你玩玩好了。」我說出有點後悔，雖是開玩笑，到底這語氣有三分輕薄，可是她沒有注意，她說：

「你為什麼不願意做這裡的公民？」

「正如你說，一個人不光為生活。」

「還有什麼？」

「有情感，有傳統，有愛。」

「啊！我知道了……」她說了半句，把車子加速了一點，我於是跟上去問。

「什麼？」她有點害羞：

「……我不說，不過我一定猜中了。」

「你不說，我怎麼知道你猜中不猜中？」

「是不是為你中國的愛人。」

「剛剛沒有猜中。」

「那麼為什麼？」

「為的是中國的空氣。還有我年老的父母，親愛的姊妹，多年的好友，為這些我寧使生活上苦痛，悲慘，潦倒，而放棄這個樂園。而且假如說我有更大的理想，我也要在我的祖國創造出這樣的樂園，或者我要教育我的後輩有創造這樣樂園的才具。」

「你的民族主義色彩太濃。」

「怎麼？」

「你為什麼一定要在你的祖國。」

「因為我瞭解那面比較透徹，這是第一，第二那面大眾的生活實在太痛苦。」

「這話倒有道理，那麼我同你一道去好不好？」

「你？你從來沒有吃苦的人。」

「你不瞭解我，我是不安於現成的舒服環境之中的，我要自己將壞的改成好的，將亂的理成有條。」

「那麼你為什麼不能將好改成更好？」

「自然也願意，不過這個太不明顯，所能貢獻的也太微；而且這是學者的事業，於我個性不合，我是，我想是的，我哥哥說那是一種遺傳。」

「遺傳？」

「是的，因為我哥哥也是一樣。」

「那麼你的祖先怎麼樣呢？」

「你還不知道嗎？」

「不知道。」

「我哥哥沒有同你說過？」

「我們的祖先是海盜，最初據說是一個英國的公爵，不知為什麼政治事件走出來，以後一直是海盜，我的祖父叔祖，父親叔父都是。」

「那麼這裡是你祖父奠定的了？」

「不，是我叔祖；我祖父是個勇敢善戰，槍劍術超人的人，我叔祖則是精明能幹，非常聰明而有理想的人；他們倆在海上自然一直合作，互相敬愛，但是時常吵嘴，這因為掙錢的方法一樣，而用錢的方法不同。我祖父是愛到處遊歷，把錢散在各地的窮苦人身上。我叔祖愛把錢聚起來，計畫要建設一個理想的王國；後來我祖父死了，叔父就管理他身後的財產珍寶，加上他自己的，在這裡建設這樣一個世界，以後叔祖死了，我父親叔父更將這裡建設改良起來。」

「那麼你哥哥是襲你父親的皇位了。」

「不，我叔父先死；父親不要我哥哥承繼，他在病中推定許多人，叫這裡人民選舉，裡面一定不肯放我哥哥的名字。我哥哥自小跟大家在海上做海盜，資望很重，所以大家都要選他，可是父親一定不聽許多人的話，沒有將哥哥列入候選人，後來選出的是勞其斯，一個我叔父手下非常有為的人。父親聽到這個消息方才死去，但是父親死了以後，勞其斯一定要把領袖的地位讓給我哥哥，我哥哥無論如何不肯，因為我父親關照過從此只許在島上做百姓，不許到海上去稱雄。勞其斯是有年紀的人，三年前死了，於是人民一定要我哥哥做領袖，我哥哥沒有辦法，只得答應。其實勞其斯時代，許多島上的改革也是我哥哥策劃的，不過是勞其斯在執行罷了。勞其斯這個人才真像個海盜，滿臉鬍子，非常滑稽；我們客廳裡掛的兩張照相，一張就是他。」

「你的家世簡直是一篇小說。」

「有的，有的，這裡有許多文學家將這些寫過小說，也有人寫過我祖父的叔祖的父親的叔父的傳記，我們家裡都有，你有工夫可以去讀。」

這時候我們已經到了郊外，其實郊外等於是公園，我沒有發生什麼興趣，這因為是我在培因斯身上發生太大的興趣的緣故。她面部的表情與身體的姿態在家裡看起來有蠶一般憩靜，在外面看起來有龍一般的生活；在工作時看起來是一個嚴肅的輕快的駱駝，在郊遊時看起來會像池水裡飄搖的游魚。於是我靜默了，默默地在她的身邊呼吸崇高的空氣，體驗那宇宙的奇妙。

前面是一座山，她說：

「我們在這裡下來，翻過這山就是海了。」

這山並不高，雖然有人工的路，但是有的地方也不好走，我想扶扶她，但是她似乎並不需要。我因為穿著皮鞋，有些地方要滑，很不舒服，她穿的是橡皮底鞋，所以比我要敏捷。

山上都是葡萄，她說：

「這裡種的都是葡萄，是用以製酒來供給這裡的人民的。你看，那面就是釀酒廠。」

「那些工廠都可以參觀嗎？什麼時候你陪我去看看。」

「可以可以，就是明天下午了好了。」

我們到山頂上，已經看見前面的海。

「你看，那海。」她很興奮地說，似乎她對於海有特別的感情似的。

「海，你一定很愛海。」

「是的，但是近年來我覺得海，是象徵寂寞的。」

「這怎麼講？」

「因為近年來，我常常愛一個人到海邊來，你看那面的白石。我愛一個人坐在白石上，曬著太陽，聽那海潮的聲音，拾一點貝殼，或者拿一塊石子拋在海裡，看它自然的淹沒，有時候我躺在海邊，望那天上的雲，幻想那海盡頭的世界——這些世界我三歲以前都到過的，可是現在連一點印象都沒有了，一個記憶不清的往事，永遠是靈魂深處的欲望。」

「那麼你當它是夢，是一個永不會再來的夢好了。」

「但是，可惜這居然不是夢。」

下山自然比上山容易，我們很快地就到了山腳，那也就是海濱了。天上有零亂的雲彩，太陽發著黃色，天空裡飛翔著海鳥，海上點點的金波，翻成一條燦爛的大道，我們就在零亂的石塊上踏進海去，揀一個比較高聳的石上坐下。我本來預備坐在她的對面一塊較不平的石塊的，但是她叫我坐在她的旁邊。

「我說海是象徵寂寞的，你信不信？」她靜默了幾分鐘又說了。

「景物終是死的，看人的心境產生出不同的情調。海可以看成偉大，看成莊嚴，看成力量，自然也可以看成寂寞。」

「也許是的，我愈是一個人到海邊來，愈不想同別人到海邊來。Ethel Walker有一幅題為『十月初』（Early October）的海景圖，我非常喜歡。你看見過嗎？」

「也許看見過，但是我想不起來，如果是你喜歡，我希望買一張影印的畫幅……」

「我有，我有一張掛在房內。」

「我想你一定有，因為是你喜歡的，但是既然你喜歡的，我也應當有一張帶在我身旁。」

「我雖然愛海，可是海的印象總像沉重的鉛塊似的壓在我的心頭，這畫給我的印象也是一樣。在海的旁邊，暫時我舒展出胸中的重壓，但是它的印象又加重了我心頭的負擔。」

「我自己也不相信。」

「這使我奇怪得不相信了。」

「可以原諒我問你的年齡嗎？」

「這難道於年齡也有關係嗎？我今年十九歲。」

我沉思了一會，她也靜默著望著天涯，海潮打著石頭「空，空」作響。我自然流露出一個重複的問句：

「你是不是在戀念海外的世界？」

「我關念的。但我不相信是為這個原因。」

「你為什麼要肯定海外有世界。」

「我三歲以前都去過。」

「那麼你已經去過，還要怎麼樣呢？」

「可是我沒有印象，一點印象都沒有了。」

「那麼算它沒有就是，或者照我剛才所說，算它都是夢境。」

「這都不可能，這裡的海鳥，你看，牠們飛得多麼自由，哪裡都可以去，但是我永遠在這裡，這個小小的世界。我像被放逐在島上的拿破崙。」

「不對，不對，這個比喻可不對。」我笑了。

「實在很像，假如拿破崙早先沒有在世界上稱雄過，他不會在小島上不能安居。假如我像許多這裡的別人一樣，不知道還有別的世界，我也一定不會想去遊歷，自然我還因為有海盜的血液。」

「但是，我是到過許多別的世界的。實在告訴你。所有別的世界都是齷齪的，你不知那面多麼不自由，多麼不平等，窮人們每天皺著眉，闊人們卑鄙的享樂；殺人，放火，宣傳，造謠，譭謗，咒罵，毒刑，慘死……沒有自由，沒有愛，人與人都是仇人……。」

「但是你為什麼要回到故鄉去？」

「這因為我是那面生長的。」

「所以一定有一種特別滋味，值得你這樣留戀。」

「但是假如說世界上最值得我留戀的，是今天這一剎那，在溫和的天氣中，天象徵著和平，海象徵著博愛，雲象徵著詩，太陽象徵著熱情，你象徵著真美善，假如日子是永遠可以這樣過，我願意老死在這裡，我沒有到別的世界去的念頭。」

「這是笑話，或者說你故意安慰我。你假如真的願意永遠在這裡做個公民，我是歡迎的，你可以在這裡做工，讀書，每星期日我們在這裡可以過這樣的生活。」

「真的嗎？」我不禁跳了起來：「好，我決定在你的身邊做個公民。」但是我忽然感到非凡的渺茫，這海的遼闊與海鳥遲緩的飛翔影響我，使我起了這個渺茫的心境，我說：

「這是笑話，是幻想，天下沒有這樣美滿的事。」

「怎麼？」她說了又笑起來：「是不？你的故鄉一定有更值得你懷念的生活。」

「不，」我說：「每星期日同你在這裡難道是可能的嗎？」

「怎麼不？」

「假如你嫁人了。」

「為什麼我要嫁人。」

「你們這世界有不結婚的女子。」

「中國有，難道這裡不可以有；過去沒有，難道我不可以是？」

「中國也沒有。」

「但是你知道這裡有個中國的姑娘是不預備嫁人的。」

「中國的姑娘？」

「是的，就是我同你說過的中國人。」

「是姑娘？」

「是的，她不預備嫁人。」

「這是不可能的。」

「但是我一定可能，每星期同你在這裡走，在那面海濱騎馬，在那面的鄉間騎自行車，豈不是好？為什麼要嫁人？」

「這是不可能的，至少在我，必須要結婚，自然不是現在，但是將來終不免有這樣一日。」

「所以我說你是不會永久愛這樣的生活的。」

「但是？……」

「所以你還是留戀著海盡頭的世界。」

「假如說，培因斯，世界要是像現在一樣，天底下只有我們兩個人，難道我們永不結婚了嗎？」

「那一定，因為你也不會想結婚了。」

「我不懂。」

「怎麼不懂？」

「我一萬個不懂。」

她奇怪地笑了，說：

「你又是裝傻。」

我沉默了，把頭低下來，微微地嘆一口氣。天是空曠的，海是浩渺的，海鳥是飛得遲蠢的，白雲走得非常緩懶，海潮的聲音過分的懈怠。她也靜坐著，無邪的眼睛望著天涯，這時候她的一身白色的衣服使我驚異了，風把它飄得如一塊雲，金黃的頭髮如太陽的光芒，射在我的耳頰。我自己感到卑鄙與渺小，假如她一個人坐在這裡，這世界該美多少？現在我這樣一個人在她旁邊，懷著奇怪的不潔的想頭，玷汙了這奇美的世界。

「你在這裡等我，可以讓我一個人到那邊跑幾步嗎？」

「怎麼？」

「我想換一個方向看看這海與雲彩。」

「那麼我們一同去。」

「不，你坐著，我去了就來。」我站起來，跨過這些水圍著的石塊。大概跑了十丈左右，我遠望著海天中她的後影；我如在教堂裡望著壁畫中雲端裡的聖母，我沒有一絲不潔的念頭，我俯下頭，我願跪在大自然面前懺悔剛才那煙火氣的俗念。「結婚，生孩子，老去……」平庸、腐舊，多麼平庸的思想，腐舊的情感；貫穿著生物的歷史傳統著我去模仿。

帶著這份聖潔的念頭，我回去，我覺得天清朗，海博大，海鳥與白雲都非常悠閒，海潮的聲音象徵著潔淨與自在，跨過那些水圍著的石塊，她回過頭來，遙指那面的海灘。

「我們到那面去散散步吧。」

「好。」我說完了伸手拉她站起。為我心裡的晴朗，這個舉動因而也非常自然，這是我後來才想到的。

我們在海灘上散步，大概是一刻鐘以後，我們在海灘上坐下來。她告訴我一個奇怪的故事，她說：

「從前有一隻漁船被海裡很大的大魚吞下去，大人們都落海了，獨獨有一個四歲的男孩還睡在船裡。

他到了魚腹裡，不久醒了；叫媽媽不來，叫爸爸不應，啼哭了半天，最後他自己起來；一個人摸到船沿上，看看外面已經不是海，他就一直摸出去，他摸到另外一隻船上，他就跳進去，原來那隻船是三天以前被大魚吞進去的，他在那裡面碰到一個四歲的女孩，一個人流著淚在吃東西。

他進去使她吃了一驚，但立刻非常歡喜。

『那麼這到底是什麼地方呢？』男孩子問了。

『你還不知道嗎？是大魚的肚子裡。』

『怎麼？』男子孩子驚奇了。

『你怎麼會不知道，許多時候以前，大魚來了，我父親射了一箭，以為它受傷而換個方向遊去了。但是它反而撞過來；我倒在艙內，父親母親還有哥哥大概都落海了。我那時大概有點嚇昏，醒來知道一定是在魚腹裡了，你看不是陰沉沉的。』

『啊，我一定是睡著的時候被吞進來的，那麼我的父母他們一定也落海了。』男孩子說完了哭起來。但是哭有什麼用呢？最後還是揩乾眼淚，同那女孩子一同生活；他們起初吃船艙裡剩下的飯羹乾糧，後來也勉強攏起火來，燒那船艙存著的糧食，糧食吃完了就吃大魚吞進來的東西。

他們起初還想法子出來，但是摸摸摸不出去，稍微出去一點被水沖回來；於是只得在裡面祈禱他們父母還活著，或者是別人知道他們在哪裡會來救他們，再後來他們失望了，只希望這大魚被別人捉去——最好自然是他們父母——剖開肚子時候他們可以獲救。最後他們完全絕望了！」她忽然歇了一會，望望我的眼睛。

「怎麼不說了？」

「我以為你在想別的，怎麼一點不響？」她說。

「這故事太好了，我已經陶醉在你的故事裡。你快說下去。」

她用手帕輕輕按按嘴唇，又說：

「最後他們完全絕望了，可是日子一多他們也習慣起來，他們一直活下去，兩個人都長大了，有時候也試著想出來，但是終是不可能。一直到二十年以後，這條魚忽被我祖父捉住了。」

「你祖父？」我驚奇了，不覺打斷了她可愛的敘述。

「是的，我祖父，因為那故事是我祖母講給我父親聽，我母親傳給我們的。」

「那麼後來怎麼樣呢？」

「我祖父捉了那條魚，剖開肚子，發現兩個人，知道他們是二十年前被魚吞下去的。這兩個人不是兄妹，也不是夫婦，是一個世界裡的兩個朋友。他們許多話，我祖父他們都聽不懂，找別人來聽也都不懂，我們世界裡的話他們起初也不懂，後來慢慢懂了。他們倆什麼都不會，我祖父慢慢的教他們，就在船上做一點零碎的事情。

起初救出來的時候，他們自然非常快樂，很感謝我的祖父；但是後來因為他們的習慣不同。他們倆一步不能分離，他們又怕見別人？這在船上自然辦不到。

這男女兩個人都長得很美，自然有別個男女要對他們調情，尤其是那女的，船裡就有人要向她求愛，但是她一點也不理人，我祖父看情形不好，以後怕多是非，叫他們結婚，他們也不贊成；日子一天一天下去，他們實在不習慣這世界，時常想念當初魚腹裡的日子，但是這日子是不能恢復的。所以他們總是憂憂鬱鬱，最後，據說在一個秋夜的月圓時節，雙雙跳海死了。」

她說完了望著我的眼睛，一種奇美的無邪的目光使我眩耀了。我低下頭來，閉閉眼，我說：

「完了嗎？」

「完了。」

「啊！這故事是一首詩，實在太好了，我想你祖母一定是個了不得的人，你真是了不得的詩人。」

「我。」

「是的，因為你說得太動人了。」

「啊！這算什麼，這是這島上人人會講的故事，文學家們早已經把它寫成童話，寫成詩，寫成詩劇。」

「不過結局太淒涼了。」

「你不喜歡這結局？」

「這是再完美不過的結局，一個有十全悲劇美的結局。」

這時太陽已經下來了，天際一片紅，紅下面是橙是黃是綠是青是藍是紫，一層一層一直到海裡又反映出一層一層的紫藍青綠黃橙紅，最後擁著一個深紅的太陽。

「時候不早了，我想回去吧！」我說。

「你願意離開這樣美麗的太陽與天空嗎？」

「我怎麼會願意，但是你家裡要不放心。」

「怎麼會不放心？飯菜很簡單，我母親會替我預備的。」

我沉默了。她也默默的，將背靠在我的臂上。我們看太陽一點一點的下去，慢慢快浸到海水中了，二個太陽相碰了，太陽以上半個天從紅色淡到深黃，慢慢淡下去，一直淡到青色，與另外半個天球銜接，這時天際沒有一瓣雲，除了海潮潔淨的聲外，沒有一點別的聲音。忽然有微風吹來，她打了一個寒噤。

「怎麼你冷了？」我打破這宇宙的安詳。

「不要緊。」

我於是脫下我自己的上衣，披在她的身上。

「那麼你自己呢？」

「我不冷。」

太陽慢慢地沉下去了，顏色也淡了起來。大半個，半個，小半個……於是只剩了一條細狹的蛾眉。天邊是一條淺黃一條淺藍的圓弧。

「假如這時候來了一條大魚，將我們倆吞下去，我們怎麼辦呢？」

「那麼我們將在魚腹裡創造一個世界，這是再美沒有了。」

「再美沒有了！」我低微地吟哦著。

太陽已經沒有了，西方的天際是一片發亮的淡青；但是東方已經變成深藍，有四分上弦月抓破了這天空，接著兩兩三三的星花都開出來了，有些風，我身上也感到三分寒意。

「可以回去了。」我想她家裡一定會關念的。

「怎麼？你膽小了？」

「不，我怕你會冷，而且你家裡一定在等你了。」

「……」她沒有說什麼，扶著我的臂站起來。

風有點猛，海潮聲也大了起來，黝黑的海盡處，更顯得神祕。

「啊！有點冷，你一定冷了。」她要還我衣服。

「不，不，我很好。我們跑快一點，一會兒就熱了。」

我把衣服穿在她身上，叫她裹緊了。我們拉看手很快地跑到山腳，山道上的路燈已經亮了，我們就緊步地爬上山來。

海天都已經漆黑，星月發出奇異的光亮，在山頂上，我回望著海說：

「這時候我們有點像亞當與夏娃了。」

她也凝視著黝黑的海盡處，天際忽然閃出電光。

「偉大的自然。」她低微地自語著，手拉著我手，接著大家沉默了，兩個一塵不染的胸懷，融化在大自然的裡面。

我不知道是隔了多少時候下來的。騎車到家，她家裡的人真是久等了。

六

是第二天。

他們兄妹都出去了，陽光曬在窗上；我洗一個澡後，一個人坐在沙發上。我不知道怎麼去等待上午的過去。我拿昨天她說過的那些小說詩歌翻翻，但是最使我感到興趣的還是那隻時鐘，令我不斷探視。可是鐘聲是這樣的遲緩，使我懷疑到我二十歲年齡的時間不知是怎麼樣過去的。

十點三刻的時候，我想騎車到學校去接培因斯，但是我立刻又覺得不妥，我到底不過是兩天的賓客，就算是朋友，也不過二十四鐘點的歷史。

勉勉強強等到十一時十分，我實在耐不住了；我一個人跑到了街上，順著到她學校去的路漫步過去。

太陽煦和地照著，我心境也因而清朗許多。房子是幾乎一列的，路旁都是樹木，相隔不遠就有大小不同的草地，草地上也有一二把椅子，地上有點我不認識的紅白的花草，椅子的後面偶爾也有些花木。我就隨便在這椅子上坐下。

——在中國這時候該是炎夏了，我想，太陽正猛，故鄉農村裡父老的農夫正忙著趕水，在車盤旁的樹影下，鄉村的兒童圍著他們聊天；河裡的小魚被水車捲到了水溝，流入了田野。兒童們用小瓶在溝裡捉魚，魚色大半是灰的，拿回去養在水缸裡可以除孑孓。我是他們一群裡的人物。

——他們招呼我坐下，叫我講山外的雲外的故事。青山就在我們面前，白雲也在我們面前。我望著青山的靜寂，白雲的變幻；告訴他們快的車子，擠的街道，摩天的高樓，龐大的工廠；以及富富貧貧人物的不同，各處景物的不同，食物的不同，風俗習慣的不同，還有奇奇怪怪的禽獸與草木。慷慨的農夫見我講渴了，採些瓜田裡的瓜浸在水裡使冷，冷了就分給我們吃。

——有時候，天驟然陰了，黑雲密佈著，大風起來，於是父老的農夫叫我們快走，他卸下牛軛，我們幫他拿些零星的東西，回到村子裡去。

——有時候，農夫們有事了，或者到廟裡上看社戲；我就坐在牛車盤邊樹蔭下，拿一本詩或者一本小說，為他管理那趕水的老牛。

我是這樣世界裡的人民，現在漂流在海盜的王國裡，坐在近代的街頭，寂寞地望著天邊，這是一個什麼樣的變化？

於是我又想到昨天海濱的生活，培因斯的姿態與談話；這個甜美的情境使我願意在這微溫的氣候中，做了馴服的人民。——這是昨夜在床上決定了的事。

但是整整一上午我在寂寞痛苦與期待之中過著，假如說這是昨天快樂的反應，那麼難道我真在這荒誕的孤島上墮落在荒誕的情網裡了。我不禁打了一個寒噤。萬一這是真的，在我正如陷於泥淖的人一樣，似乎是早離開一步好一點似的。

那麼明天，明天拜訪那位中國小姐，後天，後天一清早，等培因斯去學校了，我提起那隻提箱走我的道路，離開這海，到白雲深處別的世界裡去。

……

「哈囉，你一個人坐在這裡嗎？」培因斯的聲音叫醒了我，她說完了從自行車上跳下來。

「你居然放學了。」我站起來，走到馬路上去。

她推著車，我在旁走著，許多放學的學童騎著車在我們身邊走過，幾乎個個都向她招呼，也同我笑笑。

一輛公共汽車駛近了，裡面坐滿了人，大家唱著歌：

你下工了麼，朋友？
今天星期六的下午到那裡去遊？
我們工廠裡今天特別加油，明天你們可喝更多的葡萄酒。
喝了更多的葡萄酒，
明天你們的工作一定更加油。
那麼今天星期六下午我們一同去遊，
你下工了嗎，朋友？

他們看見我們兩人並肩在走，對我們揚揚手，又齊聲地唱：

你下工了嗎，朋友？
今天星期六下午到那裡去遊？

培因斯也向他們招招手，唱著：

今天星期六下午我們一同去遊，
你下工了嗎？朋友！

我自然也跟著揚揚手，但是我沒有應和；汽車駛過去了，他們的歌聲還在響著，我說：

「在這樣空氣中，在我是慚愧的，因為我根本沒有做工。」

「沒有關係，因為你是暫時的旅客。」

「你們好像都認識似的。」

「認識，自然大半都認識，因為他們做學童的時候，到家家人家送過報紙，牛奶，麵包；倒過垃圾與掃過街。」

「這歌曲是他們常唱的嗎？」

「是的，你們中國大概不很愛唱歌吧？」
「鳥都愛唱歌，為什麼人不愛？」
「這就是人不如鳥的地方。」她頑皮地笑。
「那麼你是鳥了。」我笑了：「可是海鳥不愛唱歌。」
「那麼你是海鳥。」
「做海鳥又什麼不好？整天在你的周圍飛。」
她似乎故意找別的話來說似的說：
「剛才是酒廠裡的工人，唱的是星期六歌。」
「每天都有歌嗎？」
「有。」
「各廠都不同嗎？」
「同一個曲子，所以我們大家會唱。」
我把她自行車推到了後院，家裡沒有一個人，我說：
「怎麼？你母親呢？我上午洗完澡就沒有見她。」
「她大概到娛樂院去了。」
「娛樂院去了。」我立刻回想起我同史密斯同去參觀過的娛樂院，那是為在家裡的老年人同孩子們娛樂談天，下棋，看報，玩積木沙土的地方：「但是也該回來了。」

「就快回來的。」她說：「來，你幫我一同到廚房裡去弄飯嗎？」

「自然。」我說看就跟她到廚房。

一個女子，或者男子也是一樣，在勞作與遊玩中常常會更顯出她們的個性的。我在昨天的海邊發現培因斯是一個深沉的悲感的女性，但是在這瑣碎的廚房工作裡，她愉快得如春天的小鳥。

「你不是在生活之中很愉快嗎？」

「自然很愉快。」

「那麼，昨天為什麼好像很不滿意現狀似的。」

「這不過是缺少遊歷，我要遊歷；自然我要回到這裡來的。」

「你不是說要跟我到中國去開闢一個新的樂園。」

「這是勞作，勞作我是歡喜的。」

「但是你現在這樣也是勞作。所以勞作的意義太廣泛。」

「我都愛。」

「可是你是矛盾的。」

「矛盾，也許是的，一個海盜的血統，與一個社會主義的教育。」她頑皮地笑著說：「浪漫的革命與建設的紀律。」

「怎麼樣？在這裡？」史密斯的聲音打斷我們談話的空氣：「你們倆像是初婚的夫婦。」他手握著手笑。

我不知道培因斯的態度，我自己驟感到面孔一熱，再不敢去注意培因斯，但是史密斯為什麼說這種玩笑話呢？我心裡有點古怪。

「下午你預備陪徐到那裡去？」

「上培松山。」

「培松山？」我問。

「是的，昨天玩海，今天玩山。」培因斯說。

「要不要我同去。」史密斯開玩笑地說。

「你有空嗎？好極了。」我說。

「下午還有許多同學來，你也去，那更熱鬧了。」

「你的同學？」我同時腦裡浮起了一個與她並肩騎車的青年。

「怎麼樣？你不喜歡他們麼？」

「這怎麼會？」我嘴裡雖然這麼說，心裡可有點奇怪，難道昨天的遊玩在她有點不合適的情形麼？還是我有點不好的舉動？還是她心裡有點不自由的威脅？這些疑慮與猜度使我沉默了。

於是我們吃飯，我不但沒有注意到他們對我說什麼，也沒有注意到我自己說什麼？

當我們吃到咖啡時候，兩個男孩子到了，他們替我介紹，其中一個就是那天同培因斯並肩騎回家的人。培因斯同他說：

「啊，彭點，飯後我哥哥也一同去。」

「真的嗎？那更加好了。」

我在注意那位叫做彭點的青年，大的眼睛充滿了青春的火焰，愉快，活潑，康健，臉上浮著可愛的笑容；我沒有話說，所以也露著笑容招待這位朋友。

「徐先生，這裡生活過得慣嗎？」

「自然過得慣，不過擾亂這裡的空氣很厲害。」

「這話怎麼講？」

「不是只有我一個人不做工？」

「啊，」培因斯忽然搶進來說：「彭點，我哥哥也去，我們就少了一輛自行車，你家裡有多，可以借一輛嗎？」

「好好，我祖父一輛可以拿來。」彭點說著就站起來：「我就去，我就去。」

彭點說完了就出門，騎上車子飛也似的去了。

留下的是一位棕髮的青年，後來我知道他叫薥留也夫。

「徐，我告訴你，薥留也夫是一位年輕音樂家。」

「你又對我開玩笑。」薥留也夫豎豎眉毛說。

「為什麼客氣，下次一定要請你奏給我們聽，不知道是學那一種樂器的？」

「鋼琴。」

「但是他還在學梵和林。」培因斯說。

「了不得，了不得。」

「她也是鋼琴的能手呢。」

「啊，你騙我。」我忽然看看客廳中的鋼琴：「我來了你就不奏。」

「我每天清早練一個鐘頭，你自己在睡覺。」

……

我們的談話被來賓打斷了，那是三個女孩子；不等他們替我介紹完畢，又來了一個男孩子，接著又來了三個女孩子，那時彭點也回來了。

我謝謝彭點，於是我們一行十二個人就上車了。七個女的在前面，我們五個男子在後面。

今天的路上非常熱鬧。

「今天下午全城都休息嗎？」我問我旁邊的史密斯。

「不，工廠裡大半是輪班的。」史密斯說。

培因斯她們唱起歌來，男子們也跟著應和。只有我不會唱。

史密斯忽然停了唱，對我說：

「我們到前面去，讓女孩子們在中間。」他說著推了我一下，我於是就追上前去。

「讓你們女孩子在中間吧。」我說著，史密斯也到了我的旁邊。到一個十字路口，史密斯叫向左面我沒有走過的方向走，路驟然闊了許多。史密斯說：

「這裡一直下去。前面都是工廠，你看，煙囪不是已經可望見了？」

後面又唱歌來，我回頭看去，發現女子們已經不在中間，培因斯與彭點留在最後，我恐怕露出我的不高興的樣子。我說：

「唱一隻我會唱的歌吧。」

「唱什麼呢？」史密斯問。

「船夫曲吧？」培因斯嚷著就唱來了，於是我們大家唱著。

在唱歌中我心裡還是想著培因斯的今天的態度，大概我慢了一點，一位銀髮的女郎插到我們的行列裡來，我說：

「就在我們中間吧。」

「……」銀髮女郎沒有說什麼，就插進我的左手與史密斯的右手。

「請原諒我，」我說：「我忘了剛才的介紹，因為許多名字同時實在不易記清。」

「我叫魯茜斯。」

「魯茜斯，一個漂亮的名字。」但是她笑了，露出稚嫩的牙齒：

「每個陌生的男子都會說兩句話，一句是『你的面貌我好像在什麼地方見過似的。』還有一句就是：『真是一個漂亮的名字，只有你配這樣叫。』或者說於你是再合適不過了。」這使我非常難堪，於是我說：

「但是我不以為於你是合適的，我不相信我是一句應酬話。」

「為什麼不合適呢？因為我說穿了，所以你換了口氣。」

「也許是的，因為叫魯茜斯這種名字的人，不會對男子說出這樣輕視的話。」

「你以為這是輕視男子的話嗎？」

「至少是挖苦男子的話，以為男子不過這一套。」

「但是用這種話稱讚女子，實際上是更看輕女子，好像女子都是傻子，用這些公式似的溫柔，就會陶醉。」

「事實上，社會上並不以此為溫柔話，而是當作談話的引子的。」

「談話的引子最好從外界入手，比方天氣，太陽，路徑。」

「那麼，很對不起，需要我再從天氣談起嗎？」

「……」她笑了，勉強開玩笑似的說：「那麼你說吧。」

「我應當說這裡的天氣是合宜於旅行，還是說這裡的雲彩像你的頭髮呢？」

「都不好，我希望你說這裡的天氣同你們那裡有什麼不同。」

「這又不是寫論文，我是面對著一個高貴的女子在說話。」

「如果說要對一個女子說些恭維話，那麼應當說些別人沒有說過的話。」

「天下沒有未被人用過的恭維話。」

「假如天下沒有完全相同的女子，就不應當用相同的恭維話。」

「……」我沒有回答什麼。因我忽然注意史密斯這時候已經在我們的後面了。我同魯茜斯談話，無非想解除我對於培因斯在彭點肩邊所產生的無意識的不自然的態度與表情。但是魯茜斯這種奇怪的個性是我從來沒有碰見過的，不覺引起我一種求知的欲望。我自然還是關念培因斯，但當我回頭去看時，培因斯已經騎上來了。她態度雖然很自然，可是話可有點突兀：

「中國人，你講什麼中國故事給魯茜斯聽，我也可以來聽嗎？」她說著已經到我右手了。

「我沒有說什麼中國故事，我正要聽魯茜斯小姐講你們的故事。」

「培因斯知道我是不會講故事的人。」魯茜斯說。

「我知道你是一個最靜默的小姐。」培因斯說：「她是一個最靜默的小姐，今天對你說許多話，是很看重你了。」

「……」魯茜斯沒有說什麼，只是微微的一笑。

「我覺得非常光榮。」

我們靜默地一同進行。

後面男孩子們唱起歌來，女的也應和起來，我沒有唱，回頭看去，注意到彭點的態度有點失常似的；我心裡覺得這一定是培因斯上來的關係。我看到他一個人在後面，面上浮出不快樂的表情，與剛才同培因斯在一起時相比，實在不大相同，我驟然感到無限的抱歉，似乎是我擾亂了他們的空氣。同時心頭也浮起一種對於彭點的同情與對於自己的自責，我感到我不過是一個暫時的過客，他們到底都是殷勤招待我的主人，假如因為我的緣故，而使她有點不睦或者有點反常，這實在是闖了一個大禍了。而且彭點是一個很可愛的青年，熱誠，愉快，忠誠都擺他的面上，為我這個不速之外客，而在他光明的心地上發出悲慘黑暗的萌芽，這是我所不願的。一時間我感到我自己的多餘。為彌救這個變故，我借與史密斯談話，我落到了後面，幾句話以後，我一直落到彭點旁邊，我開始同彭點談起話來，不到一會工夫我果然清除了彭點的不快。彭點的純潔，更加給我一重擔保了。

培松山到了以後，大家放了車，培因斯又來同我一起，她只是同我談話，彭點靜默在我旁邊，這個局面我覺得太使彭點不快樂了，我於是借岔同史密斯說話，讓他們倆在一起走，但那時史密斯正同魯茜斯在一起，不知是有意還是無意，史密斯自管自一直上山了。魯茜斯說：

「他上山總是最快。」

「自然，他是一個將軍。」

「為什麼不說海盜？——你真是中國人。」

「中國人？你好像知道中國人有這個特性似的。」

「好像有本書裡講到過，中國愛說人家好話。」

「不見得。我覺得人都有三種態度，對於最討厭的是說壞話，對於普通的是靜默，對於最愛最喜歡的是說好話。每個人都有點偏重於一種態度，或者說每個民族都有點偏重於一種也說不定。」

「這話很有趣。但是你總是偏重於第三種的。」

「不。可是在這裡這樣可愛的人群中，我自然愛用第三種態度。」

「但是據我知道人只有兩種，一種沉靜一種響亮，前者不愛說好說壞，後者不是大聲說人家壞，就是說人家好。」

「你真聰敏，這的確是真話。」

「你看你又是說恭維話。」

「這不是恭維你，這是對於你那句話的批評。那句話的確是聰明人說的。」

「假如那句話是對的，那麼你是屬於響亮的一種。」她接著用一個動人的笑容說：「我最不喜那種人，因為那種人舌頭最靠不住，常常在一個地方面前說那地方好，背後就說他壞，對人也是一樣，愛說人家的好處，也愛說人家的壞話。」

「那麼我在你背後會說你是笨人了。」

「不是這樣；你一定會說：她說話到聰明，做工或讀書可真笨。因你這樣說會顯得你說話不矛盾。有一個男子常常稱讚一個女人美，後來他在那個女子地方碰些釘子，他就說：『她雖然長得不錯，可是已經老了，性情上尤其不美。』」

「那麼你呢？你難道屬於沉靜的一種。」

「自然。」

「可是你批評男子不是不明顯嗎？要不是你年輕貌美這樣的可愛，根據你的理論，我一定要疑心你是曾經受過許多男人的輕視與厭憎過。」

「……」她不說，笑得非常美。

上山以後，我們進一個咖啡座坐下，那是一所很好的房子，一面幾乎都是玻璃窗，面對著海，這不是店鋪，沒有侍者，每個人可以到櫃檯去領了一杯飲料與一點點心。

我正坐在培因斯的對面，培因斯的面上顯然有不悅的顏色，這使我非常惶恐，難道彭點觸犯她了嗎？我注意彭點，彭點倒沒有特別不高興的表示。

這使我非常不安，可是我尋不出什麼原因，或者是她有點疲倦了。我說：

「培因斯，你一定疲倦了。」

「我想你倒是疲倦了。」她笑得不像平時的頑皮，或者說還有點勉強，聲音還沒有發完，眼睛已經望到窗外的海了。

海同昨天一樣，太陽沒有昨天好，發著黃色，昏暈地在雲層裡，這似乎象徵著培因斯的心緒。

她一直望著海，別人都大聲的談笑，魯茜斯微笑著，偶爾說一兩句。

我起初默默地坐著，繼而我驟感到自己的多餘，鄉愁又在海盡處浮起來，我失神地望著天邊。

「你看見那面的帆篷嗎？」魯茜斯突然問我。

「哪裡？」

「那面不是嗎？」魯茜斯指給我看。

「啊，那是什麼船？」
「是我們的漁船。」
「唔……」
「……」魯茜斯沒有說什麼。
太陽始終發著黃色，昏暈地在雲層裡，我們從咖啡座出來，在山上走走就下來了，我沒有注意到海山的景色，我在沉默之中跳出了這一群的集團，我也不知時間是怎麼過去的。上車以後，我沒有打算同誰一起，只顧一個人雜在他們中間默默地騎著。
「怎麼樣，很消沉似的？」史密斯問我。
「我想念我的家鄉。」我笑著說。
沒有第二個人同我談第二句話，一直到大家分道說再會的時候：他們大概也疲倦了，沒有來時的興濃，也沒有唱歌。魯茜斯在快同我們分手時忽然對我說：
「前面一條馬路就是我家，門牌是兩百六十一號，你有興趣來玩，我家裡在報紙上看到你偶然的來遊歷，很想碰著你，我在四點以後總常在家裡的。」
不一會她果然轉彎了，向大家招招手。
彭點是最後同我們分手，我在他目光中忽然發現他對我的懷疑，或者說是以為我的沉默與他和培因斯親熱有關係的。我自然無法辨明，但是我同他拉手時說：
「有功夫請過來談談好不好？」

他遠去了；於是只剩我同史密斯培因斯三個人回家。事後很覺得這句話是多餘的，因為明天星期，我們要去訪問一位中國小姐，後天我決定離開這個世外的世界了。

七

「今天你們玩得很快樂吧？」史密斯的母親在飯桌上問我。

「很快樂，可惜培因斯有點疲倦了。」

培因斯很少說話，我雖然知道她有點不快樂，但不知道為什麼，我說那句話的時候，自然地望著她。

「我沒有。」她還是很和藹的回答：「我想你一定是疲倦了。」

「我怎麼會，在這個世外的樂園上，同你一同玩。」

她笑我這句話，這笑是反面的，我知道。

「他想念他的家鄉呢。」史密斯說。

「……」我笑，可是我沒有什麼可說。

這是一個寂寞的夜晚，培因斯後來一直沒有說笑，吃得很少，說要預備功課就進去了。

史密斯邀我到他的房內去。我們大家坐下。他抽起板煙，吐出一口深濃的煙霧，他說：

「今天願意同多談一會嗎？」

「自然。」
「你不疲倦嗎？」
「反正我早上可以暢睡。」
「早上，不，我們不是要去訪那位中國小姐嗎？」
「那也不要緊，後天早上我可以暢睡。」
「你真有趣。」史密斯又噴著煙說：「我想同你講一件你想知道的事。」
「我想知道的？我有什麼特別想知道的呢？」
「或者你並沒有特別興趣，但是你問起我過。」
「關於你的事情嗎？」
「是的，我的婚姻。」
「是的，我問起過你，那麼怎麼樣？」
「我希望你可以幫我。」
「……？」我愣了。
「怎麼樣？」
「我有什麼能力可以幫你忙。」
「因為我愛著同你要去看她的那位中國小姐。」
「……」我覺得驚奇：「那麼她呢？」

「她似乎也愛著我，可是不願同我結婚，不願長留在這裡。所以我要你幫忙，請你到這裡來玩，一半也是為這個原因。」

「怎麼樣我才能算幫你忙呢？」

「這我不知道，不過有另外一個中國人在這裡，她也許就相信這裡也可以為家的。」

「但是我怎麼可以久居在這裡呢？」

「那麼你或者先騙她，等她同我結婚了再走。」

「我不懂。」我有點奇怪了：「你為什麼一定要同她結婚？」

「因為我愛她。」

「愛她一定要結婚嗎？」我說。

「自然，難道……」

「慢，你把你們的經過都先講給我聽好不好？」

「啊，是的，也許那裡包括了她所以一定要回去的原因。」他把手肘支在膝上，把身體前傾著同我說：

「是三年以前了，在一隻大西洋的船上。她是那隻船的旅客。當所有人都被我們帶到一個房間裡時，她獨獨鎖在自己的艙內。我們有兩個人守在門口，把槍向外面放著，威嚇她出來，但是她不。於是他們就來問我是不是要向內開槍？這是我們的規矩，除了開戰對抗以外，殺人是一件重大的事情。

我上去的時候，看到門上的名牌上寫著：『李小姐』，我知道裡面是個女子，我相信她不會有什麼武器，會把我襲擊，所以我就在門鎖上放了一槍就進去了。

她正在寫信，一見我進去，她站了起來，手握一把刀，面上是冷靜堅決的表情。

我沒有走近去，說：

『對不起，小姐。但是，船上一切更厲害的武器都繳械了，你這刀有什麼用呢？而且我有槍，即使我沒有，』我那時把槍交給了別人：『這把刀難道就可以抵抗我嗎？』

『我不想抗拒你，我只想抗拒我自己的生命。』她說。

『怎麼，你以為我們會侵犯你什麼嗎？你放心，這是決不的。』我說。

『那麼你何必逼我出去。』我告訴她：

『那是海盜的規矩，我們不能相信你沒有別的武器或手段來襲擊我們。』

『現在你要怎麼？』她當時的聲調堅決得有點可憐，也很可怕。我說：

『跟我出去。』

『但是我要帶著這刀，如果你們要靠我周圍兩尺以內，我情願把我的死屍交給你們。』

於是她就同我出來，後來我同她說明許多我們的態度，叫她到這裡來參觀，遊歷，她答應一星期，可是現在一待已經三年了。」

他說了好像很感慨時光過去的迅速似的。我聽了覺得非常奇怪，對於這位中國小姐起了特別的興趣。但是我說：

「為什麼你一定要勸她到這裡來呢？」

「我不知道。」他微笑著說：「培因斯說我當時就愛上了她，但是我不相信這種一見傾心的愛情。我覺得當時我要打破她對我們的懷疑。我同她說了許多，她不信，所以我一定要叫她來看看。」

「於是你愛了她。」

「是的。」

「將軍要愛一個俘虜是難事嗎？」

「你不要開玩笑。」

「那麼她也愛你嗎？」

「我想是的，但是她還愛她的家，所以她要回去。有時候她說回去一趟再來，可是事實上，回去了一定不會再來。」

「為什麼不會？」

「也許她想，但是事實上她家裡的愛會束縛她的。」

「這也許是。不過你打算怎麼樣呢？」

「最好你也留在這裡，等我們結婚了，你同她一同回家，隔些日子一同回來。」

「你是覺得結婚了回去後一定會回來呢？還是以為結婚以後走了，你就可以不想她了。」

「都不。」史密斯說：「我只以為結婚後她會更愛我。如果有人一同回來的話她自然也想回來的。」

「你想得真周到。」我似乎還有話，但是我沒有說下去。

「你覺得怎麼樣？」

「我在奇怪。」我笑了：「你為什麼一定要愛一個中國小姐，這裡的小姐們難道都不可愛嗎？像你這樣漂亮，能幹，聰明的男子……」

「這個問題是可笑的！」

「不過你這樣才具，外表，地位的人會在戀愛上感到苦痛，在我是奇怪的事。」

「也許是苦痛，但這是人生；否則一切還有什麼意義。」

「……」我在默想。

「你為什麼一定不想在這裡多待？是不是中國有你的愛人。」

「不。」我說：「但是。……」

「如果你一定要回去，那麼等你陪她回來後，你再回去。其實你在這裡待久了一定自己會不想回去的。」

「怎麼呢？」

「第一住慣了，第二鄉愁也減少了，第三假如你愛上這裡的一位小姐。」

「對了，但是這三件事我都怕發生，所以我想後天就回去了，後天，你知道。因為再待久一點，我怕我真要賴在這裡了。」

「那麼你是懦弱的。」

「或許是的。」我低微地說：「但是我對於我自己的人生是勇敢的。」

「這裡不是你人生？」

「不。」我淒涼地說：「這裡是夢！」

「徐。」史密斯好像很同情我說：「你怕你已經墮入誰的情網，是不是魯西斯？」

「不，不，史密斯，你怎麼這樣猜想我起來！」我有點惱怒了。

「你為什麼這樣發直，這在這裡是極普通平常的事情，徐，我想這是你們中國人的脾氣，不過在這裡，為你的幸福，請你直說，這裡任何人都願成全別人的幸福。」

「實在是沒有，史密斯。否則我在你面前為什麼不承認？」

「魯茜斯是一個沉靜而古怪的孩子，這裡男孩子似乎都不敢去愛她的。」

「那麼假如是你呢，難道也不敢。」我是把話放遠了。

「我已經愛了一個比她更古怪的女孩了。在我方面，我已經克服了許多困難，我學會了中國話，也懂了一點中國文字，知道許多中國事情，現在只要你肯成全我的幸福，我的幸福就在面前。一個男子在戀愛中是一個最懦弱的時間，等於一個人的病，等於女子在臨產的時候，一個孩子的初生時候，是最需要別人的同情與愛，援救與幫助。現在我等著你。」

「我自然願意援助你，而且你是我所敬愛的人。假如她也愛你，你們結婚是不遠的，那麼我也願意同她一同回國，但是即使我伴她，她是不是肯回來？這在我可是問題了。」

「只要你肯回到這裡，她一定會回來，一定會回來的，謝謝你，事情就是這樣決定了。那麼明天我們去看她。一早，你早點起來好了；我已經打個電話約她在車站上等我們。好，那麼你現在早點去睡吧。」

我在床上怎麼也睡不著，培因斯的不高興，是我想解決的問題。錶聲在我枕邊不斷的響著，月亮從我窗口升起，我想到那天海濱的纏綿，與今天的寂寞，還想到明天的冒險，以及未來的渺茫。

最後我想到家國的月色，田野的稻香，蛙聲，蛙聲裡飛揚著流螢，看流螢飛上天空，滿天的星斗是我熟識的友朋。

於是我披衣起來，開窗望天際，我要在月兒的周圍尋我熟識的星兒。記得夏天的時候，在家鄉的院中，我抬頭就立刻會尋出那裡是北斗，那裡是大熊，那裡是玉衡，那裡是牛郎與織女，那裡是伴著月兒最近的恒星的。可是在這陌生的島上，人群都這樣生疏，更何說是天際的星斗。

月兒在這裡是寂寞的，孤零地懸在天上發呆；許多的星斗閃著私語，有幾絲白雲在藍天裡滑過，立刻消逝無蹤了，正像帆船在大海駛過一樣，誰知道何處是它的下落。

當我依著月光的普照向四面一看時，園中有一個灰影使我驚奇起來了，一個女子，她在那裡漫步，姿態無可懷疑的是培因斯。我的心突然跳了起來，在這寂寞的月色下，這個無邪而快樂的女子在這裡尋些什麼呢？

於是我開門，輕躡著下了樓梯，走到後園；我在門口輕輕地敲了幾下。

「誰？」她問了。

「是我，培因斯。」我說著就跨出了門檻，到了階步。

「怎麼，你……」

「我怎麼也睡不著，你呢？白天還不累嗎？」

「我剛讀完書，正預備去睡，看月色很好，所以到這裡散一會步。」她仍舊漫步著說，我在旁邊伴著她。

這時我的手拉到她的手了。

「培因斯！」

「什麼？」

「你的手為什麼這樣冷？」

「冷嗎？我不覺得。」她沒有笑容，一直都沒有笑容。

我沉默了，大概隨著她走到極端要回頭時，我才囁嚅著說：

「培因斯，實在說，你今天的確有點不高興了。」

「是的。」她說：「但是我不知道為什麼」

「是不是你不願意這樣團體的遊玩？」

「也許是的，也並不可靠，因為我們往常遊玩總是團體的。」

「那麼一定因為多了一個我。」
「也許是的。」
「可是，培因斯。」我說：「這是暫時的，我本來星期一就要回去了。我一走，這美麗的世界將永遠是你們專有的。」
「但是現在你不走了，是不是？」
「是的。」
「我知道。」
「那麼你知道為什麼呢？」
「為什麼？」她說：「我像月亮瞭解海一樣的瞭解。」
「我想你的瞭解不會很錯。」我說：「剛才你哥哥一定要我等他結婚後再走。」
「結婚？」
「是的，同那位古怪的中國小姐。」
「那麼你為什麼不等我結婚再走？」
「這是什麼意思？」
「我只是說你為什麼肯等他而不肯等我？」
「因為你是並不需要的。我在這裡於你哥哥的婚事或者有幫助，但是我不但無助於你的婚事，而且或許還會妨礙……」

「為什麼？假如我在這裡也愛了一個中國人，像我哥哥一樣。」

「但是這裡，我已經知道，這裡只有一個中國人。」

「……」她沉默了。

沉默著，望著天空，我們手攜著手漫步，我說：

「月亮是孤寂的，星星在私語；剛才我覺得我是月亮，現在我覺得是星星了。」

「……」她沒有回答，沉默著。我也沉默了，全宇宙都沉默了。我們就在沉默中走著那小園裡無窮無窮的路。

不能沉默的是屋內的鐘。於是她說：

「兩點了，徐，去睡吧，明天要早起呢！」

於是我們就進來，剩下天空的星星在那裡私語。

月亮照著我的小房，我就在月光下睡著了。

醒來不早，回想昨夜的情景像一個夢。是史密斯在敲我門，我趕緊披衣起來。

八

樹木，小丘，花草，溪流，美麗的房屋，清潔的街道，以及和藹的人民，在我們車窗閃過，大概一刻鐘工夫，火車停了來了。

「到了嗎？」我問。

「還有一站。」史密斯說。

於是又是一刻鐘工夫，車又停了下來。

一下車，我一眼就看見那位中國小姐，她穿著灰色的旗袍。身材不矮，眉宇間露著她難掩的聰慧與堅強，一臉可掬的笑容，浮出兩顆酒渦，圓眼很大而媚，鼻子與顴骨顯出東方人特有的柔和，難怪史密斯鍾情於她了。

在這寂寞的島上會見這樣一個同胸懷瞭如會到親人一樣，我驟然感到一種說不出的愉快。培因斯已經同她拉手了，接著就同我介紹，史密斯一手按著我的肩膀，一手圍著她的腰，說：

「你們在這裡聚會是想不到的吧！」

培因斯靠在我的臂旁，我用手挽著她臂，我們走出了車站。

這位中國小姐早為我們佈置好茶點與飯菜。

飯菜是她親自燒的中國菜，在那時那地，當這種久別重逢的味道，在我是一種難忘的幸福。

一直到下午兩時，我們才出門散步。那時候我已經知道我想知道的一切。她姓李，叫羽寧，是中國北方大學的學生，大概讀了一年就到英國來學音樂；鋼琴，歌唱是她所喜歡而且擅長的，三年以前，在她從英國去美國的當兒，不意流落在這裡，一直到現在。現在就在一個女子中學兩個工廠裡教音樂。散步的當兒她總同史密斯在前面，培因斯同我在後面。

「你覺得羽寧很美吧？」培因斯問我。
「也許，但是不能同你比。」
「這話怎麼講？」
「不過是我直覺地感到就是了。」
「也許是你客氣。其實照我所想的說，不同民族的美是不能比較的。」
「我奇怪的是她在那一點值得你哥哥這樣的傾倒。」
「我不知道，正如我不知道你傾倒一個女子一樣。」
「你知道我傾倒誰？」
「誰？」她笑了，似乎並沒有含別種的意思。
「假如我對你傾倒，那麼你總可以知道你自己的特點的。」
「那麼你問問羽寧就可以知道，她有什麼特點吸引了我的哥哥。」
前面是一條小河，河畔都是草地與樹木，有兩兩三三的人在釣魚，羽寧們站住了同他們談話。
「羽寧小姐，」一個在釣魚的中年說：「我送你一條魚，你可以今晚請你的客人。」
「謝謝你。」羽寧說：「因為我現在不能拿。」
「不要緊，我回去的時候放在你家裡就是。」
我們大家看了一會，又順著河岸走下去。在一塊白石的上面羽寧拉著培因斯坐下，我同史密斯坐在草地上。

「我每天工作以後，一個人到這裡來釣魚的，有時候就坐在這塊白石上看書。」

「這樣我可想像不出你是寂寞還是閒散。」我笑著說。

「兩樣都有，本來寂寞是從閒散中來，閒散從寂寞中感到。」羽寧說：

「徐，假如你願意的話，到我這裡住些時吧，反正你沒有工作。」

「那麼你去工作的時候，我代你守著這塊白石。」

「那麼，在他們那裡，他們去工作了，你守著什麼？」

「他很忙，幫培因斯燒飯洗碗，送培因斯上學，等她下課接她同來。」史密斯笑著說。

「你真幸福。」羽寧說了，似乎很寂寞似的；這使我不懂起來，到底她所指出幸福是什麼呢？

「天下可有幸福不伴痛苦的嗎？」我對羽寧說。

「我知道你這話的意義。」羽寧很寂寞似的說，但是接著就向我笑：「你到我這裡來住幾天吧，幫我理理家務。」

「哪有男子會理家務的。」

「那麼你怎麼幫培因斯？」

培因斯似乎在看那河流，這時才把視線回到我們身上，說：

「我哥哥從來不懂得幫我。我想這是你們中國男子的特性。」

「你又是中國特性不特性的！」羽寧說：「徐幫了你，你還以為他的特性嗎？老實說，你要知道男子的特性，除非你嫁了他五年以後。」

「羽寧。」我說：「你不要以為我在做什麼？我不過太閒就是。而且我是就想出去的，不像你這樣，在這裡就忘了世界。」

「你說得太可笑了。所以我叫你到我的地方住幾天，我們可以多談一談。」

「這在我是件愉快而且光榮的事，我碰著你空的時間一定會來看你。」

風從東邊吹來，陽光也不見了，天似乎有雨意。羽寧說：

「讓我們回去吧。今夜你們在我這裡吃飯。徐，你來燒培生送我們那條魚怎麼樣？」

「飯不吃了。」培因斯說：「下大了雨可討厭，徐，你同我回去怎麼樣？或者讓我哥哥去吃飯。」

「好。我贊成。」

「為什麼要這樣？培因斯，這算為你自己還是為你哥哥？」

培因斯面孔紅了。

「我可是為你，羽寧。」我說。

「為我，那麼你以為我沒有話同你談了嗎？」

「我一次走過，天天都會來的。而且我們倆要談的話正多，似乎有了他們倆就談不出來了。是不？」

細雨已經下起來，我同培因斯終於先走了。培因斯今天很愉快，好像沒有經過昨天的不悅似的，這使我的心減少了許多負擔，在同她兩人的歸途中，我沒有半絲鄉愁與抑鬱。

車廂裡都是人，窗外煙雨裡的風景是美的，但是我沒有留意，因為更美的是培因斯的笑容。下車的時候雨不小，培因斯要在附近借一頂傘，但是被我反對了；這因為我似乎不願意在這樣諧和的歸途中又有什麼別種打擾。

我把帽子覆在她頭上，把臂挾著她的臂，在這黃昏的雨中匆匆地走著，從車站到她家的路並不遠，但是雨實在有點大，我們倆的衣服全濕了。

「啊！真對不起，你衣服全濕了！」一進家門時候我說。

「那麼是不是要我也向你說這句話呢？」

「這是我不讓你去借傘的緣故。」

「但是這樣的確比有傘有趣得多。」

「希望你這是真話，因為在我的確是這樣。」我說。

她匆匆得奔到浴室去了，沒有說什麼，留給我的是一個愉快的笑容。接著是晚飯，晚飯後當雜務理好以後，她要進去了，我說：

「我可以到你的房間去參觀參觀麼？」

「自然可以。」

於是我跟著她進去。這是一間平常的房間，但是她佈置得很有趣，靠窗是二把安樂椅一個茶几，室中放著一個桌子，桌子正對著窗戶，二扇窗戶的中間掛著她同我說過的Ethel Walker「十月初」的海景。

我坐下了，翻翻她在讀的書與功課。我本來就預備告辭的，但是她給我一支紙煙，我坐下來預備這支紙煙燒完的工夫。可是也不知因為哪一句話，我們就談下去了，我忘了窗外蕭蕭的雨，也忘了她應做的功課，光陰真不知怎麼過去的。

大概快到十一點的時候，我聽到史密斯回來了，我知道時候已經不早，這才告辭出來。

第二天我起來的時候，史密斯告訴我培因斯病倒了，這使我想起她致病的原因，不外是淋雨與晚睡，這兩樣都是我的過錯。

我跑進她的房內，說：

「培因斯，我太抱歉了，那病完全是我闖的禍。」

「算不了什麼，睡一天就好了。」

「你不想到醫院去嗎？」史密斯問。

「不，我想只要睡一天就會好的。」

史密斯後來出去工作了，我陪著培因斯。為她做點事，現在在我都是光榮。

下午我叫她睡著，不要多說話；一直到四點鐘的時候。有幾個同學們來看她了。但是他們遂即都前後散了，彭點獨留在那裡，彭點今天更顯示著天真的窘態與對我的厭憎，我驟又感到在這兩天同培因斯太親近是件荒謬的舉動。培因斯許多小事都叫我做，譬如拿一點水果。但是彭點搶著要做。我因為熟手，一切都是我先拿到的，但是我不願傷了可愛的彭點的心，我把一切都交給彭點，再讓彭點去侍候培因斯。彭點不在的時候，我愛培因斯同我親近，我忘了自己的地位與鄉愁，但是彭點在的時候，我就想到自己的多餘，想到自己是一個旅客，想到我在給培因斯以痛苦，想到我是以我較有閒，較聰明，較新奇的姿態在欺侮彭點，我立刻想飛出這個世界。

這時來了魯茜斯同另外一個女同學，但沒有十分鐘那位陌生的女同學就回去了。魯茜斯同我談些我們會見羽寧的種種。為避免彭點對我的厭憎，在魯茜斯告辭的時候。我說：

「讓我送你回去好嗎？」

「好極了，我家裡正想見見你呢。」

我同魯茜斯出來，魯茜斯推著車，我走在她的旁邊。天氣很好，一天沒有出門的我，感到一種空曠的舒適，我深深的呼吸一口氣，說：

「男女之間，到底有友誼沒有呢？」

「自然有，不過只在一個很短的時間。」她忽然露出頑皮的笑容，望著我又說：

「你怎麼忽然問起這句話呢？——是不是你同培因斯已經不是友誼了。」

「不，我只是說，在這樣理想的社會裡，男女的友誼還不許存在似的，那麼這男女間友誼似乎是根本不能成立的了。」

「這句話在我是不相信的，在什麼社會都一樣，假如一個人同所有異性都保住友誼的距離，那麼一定有友誼，但如果對於某一個人失去了距離，其餘的友誼也不容易保住。」

「你這話是對的！」我深沉地悟到什麼似的。她說：

「你是不是已經知道彭點在愛培因斯了。」

「是的，我似乎很早就知道。那麼到底有互相承認這份愛沒有？」

「也許是默認吧！彭點好像還沒有正式表示過愛，所以你假如愛培因斯的話，進行還來得及。」她又是頑皮地望望我。

「我，實在告訴你，並不想在作客的短期中尋什麼浪漫史。」

「但是愛情不是你所能節制的。」

「假如我一發覺我在愛這裡一個人，我立刻就會離開這裡。但是我珍貴這裡許多人的友誼。」我見她沒有話說，我又接著說：

「而且我也不相信愛情有你所想的神祕。」

「我是不懂愛情的。我同男女都只有友誼；但是聽人都這麼說，想來總是對的，我是還沒有碰見一個令人起特別情感的男子」

風吹著她的銀色的頭髮，時時拂我的面孔，她沒有說什麼，默默地前進。

我在她家裡會見她們一家，在那裡我享受到作客的愉快與苦，儘管她們對我是當作自己一樣，可是我處處都感到自己的孤零；天色垂黑的時候，我告辭出來，魯茜斯送我出門，叫我明天到她那裡吃晚飯，又說：

「你知道那面有一個公園，我們飯後可以到那裡去散散步。」

我答應了她，同她道了再會，一個人回來。

彭點還沒有走，一同吃飯，飯後我望一望培因斯，就同史密斯一同到他的房間去，史密斯同我談些羽寧的種種，我的心不知為什麼有點不安，終於告了疲倦到自己的房內。

我在失眠，但不知彭點是什麼時候走的。

第二天，培因斯病還沒有好，我陪她又過了一天，為怕引起種種麻煩，我同她保持著相當的距離。我沒有同她談起彭點，也沒有同她談起魯茜斯；她也沒有談起這些，可是她不高興的樣子是顯然的，雖然我不知道她不高興的原因。

四點多鐘的時候，彭點來了，他的態度今天尤其不好。我略略談幾句就出門到魯茜斯家去，臨走的時候我同培因斯的母親說我是不回來吃飯了。

魯茜斯非常愉快的接待的我，我感一種舒適，使我忘去了在培因斯處所受到的不安與痛苦。我深深地感到她那裡是我逃避現實的樂園了。

飯後我們到附近公園去，她忽然又同我談到彭點。她說：

「彭點近來精神很恍惚，那是你害他的。」

「但這全是他誤會了我，對於培因斯，我是決沒有半點非分的念頭。」

「那麼，你愛培因斯是真的了。」

「沒有，我沒有意識到，沒有表示半點過。」

「但是培因斯對彭點的態度的確是變了。」

「這個我不知道。」我說：「在我，我愛這裡每一個人，彭點也是我所愛的人，所以我是很願意他們倆能夠互相愛好，沒有一點波折；即使我意識到我在愛培因斯，我也願意犧牲這點情愛，而完成他們美滿的愛好的。因為實在說，我在這裡是暫時的，而且是一個多餘的人。」

「假如說你沒有愛培因斯，那無疑的是培因斯在愛你。」

「這也不會，因為我們的歷史是不夠發生愛的，同時我並沒有什麼可愛的地方。」

「這是你糊塗的地方了！」她頑皮地笑：「培因斯有一個特別的個性，她愛奇特；好奇心，好勝心非常重，愛追求稀有的事物，要摸索世外的想像。在這裡大同小異的男子中間，你給她一個新奇的感覺，所以愛你是十分可能的。」

「……」我沒有回答，因為我心裡受到一點震動，魯茜斯的話有無法懷疑的真實。

這時我們在園中的小河邊走，河裡有水禽在游；天色尚未漆黑，但星星已露出微光，園燈也亮了起來。一路來她同許多人點頭招呼，但在這段談話當中，她一直低著頭避免別人的視線，這時候因我的沉默，她彎到河岸去注意水禽了。她說：

「我喜歡水禽比普通鳥還喜歡，但是我最不喜歡海鳥。」

「海鷗我也不喜歡。」我回答這句話，但是我的心受著剛才的震動還未安寧。我說：

「魯茜斯，假如你剛才的話是真的，那麼我應當怎麼樣才好。」

「你怎麼問起我來。」她頑皮地笑了：「這是要看你的傾向。」

「我有什麼傾向？」

「假如你有愛她的傾向，你遲早會愛她的；那麼現在何必矜持，假如你沒有，那麼不愛她就是。可是，照我看來，你是有愛她的傾向的，而且，培因斯的個性，永遠會制服她的環境，即使你不愛她，她是有能力使你愛她的。」

「那麼我更加怕了！」我說：「但是我的意思是怎麼樣不使她痛苦而離開她。」

「這是笑話。」她笑了。但忽然搖搖頭說：「我是不能來解決你問題的。讓我們談別的吧。」

「但是我現在只想著這個問題。」

「這已經證明你在愛培因斯。」她說：「我是不想多管你們嚕囌的小問題。你看天是多麼廣闊，星星多麼繁密，老纏著人間這種小小糾紛，我是不耐煩的。」她說：「啊，這裡很好，坐一會吧。」

這時天已經黑了，星星亮了起來，她就在草地上坐下，說：

「你也坐下來吧。讓我講個星的故事你聽。」

我於是坐在她的旁邊，聽她講星的故事：

「你看那面一粒跳動的星，我們叫他南鈴星；還有那面，那粒大而少光彩的，那是北鈴星。南鈴星是活潑的，會唱許多好聽的歌；北鈴星是沉靜的，會寫深切的詩，他們兩個人同時愛上一個姑娘，你看那面三粒在一起的，中間的那粒就是她，我們叫她中羽星。中羽星是一個天真爛漫的姑娘，她同那兩個青年都很好。南鈴星會到中羽星總是對她唱很好聽的歌，中羽星非常愉快的去聽他。北鈴星則是一個不會說話的人，他見了中羽星只是默默守在旁邊，一直到天黑了才走，回家就寫一首詩，交給鴿子送去；隔天會到了中羽星，也並不提起，但是中羽星也很愛讀到他的詩。日子一多，中羽星對於那兩個青年，都覺得不可少了。可是南鈴星同北鈴星一直是很好的朋友，他們起初並不知道他們的朋友也在愛中羽星，有一次兩人談起，忽然爭吵起來，當時大家拔出劍來決鬥，可是結果兩個人都受傷了。受傷之餘，兩個人在家裡想想實在對不起朋友，也對不起中羽星，結果大家都決定犧牲自己，願意把中羽星讓給對方。所以等傷好了以後，南鈴星就同平時追求他的大羽星結婚，北鈴星就同平時追求他的小羽星結婚。你看！中羽星上端那顆星，那就是大羽星；下端的就是小羽星。至於中羽星，自從南鈴同北鈴決鬥以後，她想想都是自己不好，從此修行做尼姑，把那一腔情愛獻給了上帝。」

她說完了眼睛還望著中羽星。我說：

「這真是一個好故事。它告訴我們真的愛情是應當犧牲自己的。」

我說完了也望著中羽星，我說：

「但是我們是叫她織女星的。」

「織女星，」魯西斯興奮地說：「也有什麼故事嗎？」

「啊，有，但是沒有你講的故事可愛。」

「你講。我愛聽你們的故事。」

我於是開始講我在我母親嘴裡聽來的舊故事：

「織女星是一個美麗的好姑娘，她一天到晚勤力織布。因此有許多人去說親去，織女都拒絕了。她說：『除非有個男子把我引笑了我才嫁他。』可是她是勤力的姑娘，工作很忙，閒事不管，誰能引她笑呢？不過事情很巧，第一天，那是七月七日，織女在窗口洗頭。織女的頭髮非常豐富，柔軟，美麗，所以洗頭的時候用很大盆子的水，洗完了在窗口讓風把她吹幹。碰巧對面有一個牛郎，你看，那顆亮星就是他，他當時看見了，也將他的頭髮照樣來洗。這牛郎是個癩痢頭，一共只有三根短頭髮，他不但用了大盆來洗，洗完了也在窗口吹風。織女一看，自然笑了出來，笑出來懊惱來不及，只好嫁給了牛郎。但是因為沒有通知天神，天神就在她們中間隔了一條河，這就天河。後來大概她們苦苦哀求，天神才許她們每年在七月七日會一次，傳說中那天就有許多喜鵲為她們造橋。據說每年那天夜裡三更時我們可以看見那顆織女星在天河的那面了。」

「真的嗎？」魯茜斯興奮地說：「你曾經見過嗎？」

「我沒有？」

「你怎麼不看？我要是早知道這個故事，一定來等她們相會。」

「但是她們相會是可憐的。」

「怎麼？」

「因為故事裡還說到牛郎的忙，懶與骯髒，每年織女過河以後，要為他收拾一年來沒有收拾的房間，洗被鋪，洗碗。等收拾好以後，天要亮了，她只好回去。」

「她為什麼要回去呢？」

「這是天神規定的，因為天一亮，橋就要拆去了。」

「……」她沉默了半晌，說：「這個故事有趣，比我那個好。」

「為什麼？」

「因為它的主角是工人和農夫，而且工作都非常忙。」

這時人已經散得非常稀少，星星愈加繁密；我眼前浮起我聽到這個故事的憧憬。那是我的童年，在家鄉的門外草地上，許多人坐著，我同姊妹們圍著母親。記得我坐在一條小凳上面，上身伏在母親膝頭上，聽母親指著星講那牛郎織女的故事。

如今在我旁邊的是一個異國的姑娘，銀色的頭髮，不時被風吹到我面頰，但兩人中間有一種說不出的阻隔，我不能把身子靠在她的膝上，她天藍的眼睛中似乎還對我顯示著民族的距離。我惆悵起來，我悲悵著童年的消逝，我戀念故鄉親切的天空，於是我又想到在培因斯感到的糾紛，我驟感到一種幽冷與空虛。我感慨地說：

「故事是異國的好，但是星星是本國的好！」

「同一個天空，同一些星星，有什麼好壞呢？」

「但是對著天空的地域是不同的。」

接著大家沉默了。大概是一刻鐘以後吧，她說：

「夜沉靜了！讓我們回去吧。」

大家站起來，我送她到家，一個人回來。路上的街燈非常零落，燈光穿過濃郁的洋槐照到我的身上，我像是一個幽靈，在空虛之中踐著鬼火的光芒所鋪成的路，到另外一個空虛地方去。

進門後我沒有去望培因斯，也不想去會史密斯，我一直到自己的房間去，但是當快到我房門時候，史密斯忽然他房內開門出來，說：

「徐，你回來了。快來談一會。這兒還有你一封信。」

我過去了。但是一封信？一封信，我從哪裡會有一封信？我沒有說什麼，我跨進他的門檻。在他的手中我拿到一封信，我坐下沙發上拆閱，這信是這樣寫的：

徐，親愛的徐：

假如你沒有像我一樣的勇氣與力量來愛培因斯，來用自己的信仰擔保培因斯光明的前途與未來的幸福，我希望你早點離開這裡。為你，她收斂了愉快的笑容，嘴角滲雜了悲哀的渣滓；為你，這裡的金黃的諧和的空氣中有了紫色的傷痕，為你這裡年輕的活潑的自然的情愛有了混亂，死滯，早老，勉強的斑點。親愛的徐，我請求你愛我們，正如我們愛你一樣。

彭點

我折好信，沒有說什麼。

「誰給你的？」史密斯問我了。

「我想還是不讓你曉得吧。」我笑了。

「你這兩天精神有點異常。」

「異常？不見得吧。不過我時時浮起鄉思。見到你們這裡的快樂，我就想到家鄉。」

「徐，你在掩飾你自己了。我知道最近愛了這裡一個姑娘了。」

「誰。」

「一個銀髮的女郎。」

「你是說魯茜斯嗎？」

「是的，這是一個有個性的女孩。」

「不，你誤會了。我沒有，我絕對沒有。」

「我很奇怪你們中國人對於愛情隱匿的態度。」

「真的，史密斯，我在這裡是暫時的，我有什麼資格去愛這裡的女孩，我有什麼資格被愛？我愛這裡任何人，我都願他們幸福，至於我自己怎麼樣來就怎麼樣去。」

「那麼你這兩天，一等到放學時間，就去看魯茜斯，這是什麼意思呢？是不是對她發生了什麼興趣？」

「不，史密斯。假如讓我說實話，我實在為顧到彭點的誤會。」

「彭點？」他好像不信：「他對你有什麼誤會？」
「他似乎在愛培因斯。而我是他所厭憎的人。」
「不，那不是性愛。絕對不是，你神經過敏了。」
「……」我沒有說什麼，用眼睛望著他，我遲緩地把我手中的信交給他，他讀了兩遍，揚揚眉梢笑了。
「那麼你也在愛培因斯了。」
「最好不要問這個問題。」我說：「因為我也愛彭點。彭點這封信是對的，我想明天我去看羽寧，把我答應你的事情做了，讓我早點回去吧。」
「不過，我覺得彭點寫這封信是不對的。」
「為什麼？」
「因為他不知道培因斯並沒有半點愛他，也不知道培因斯是怎樣的愛你。假如培因斯因你的離去而……」
「這是不可信的。培因斯怎麼會愛我而沒有愛他？」
「這是培因斯自己對我說的，而你愛魯茜斯的猜想也是她的。」
「……」我沉默了，但是我心裡想著，史密斯剛才的話可以說是有意的試詢，或者說是存心來偵探我的。

九

早晨九時，我已經在火車裡，到梅陳鎮去訪羽寧。

天氣很好，車窗外景色都是平和愉快的象徵；我的心也比較清朗一點；一切的決定是我昨夜思索的結果，在這車上時我也沒有半點後悔。昨夜，我思索到三點鐘，覺得我既不能永遠在這裡，又不顧擾亂這裡恬靜的空氣，那麼彭點信裡的話的確是對的。並不能用自己的信仰來擔保培因斯光明的前途與未來的幸福，那麼就應當潔身引退，不要害了自己又害了別人。假如沒有史密斯昨夜的話，那麼我與培因斯似乎還有友誼的存在，但是現在事實向我證實了培因斯對我的情感，我如果不再同她完全疏遠，不但使她更陷於不拔的深淵，而我自己也恐怕會失去了現在尚存有的理性。所以我連見她都有點怕了，早晨沒有問候她今天的病情，就匆匆出門。自然我是關念培因斯的病情與心境的，當我在車窗外見到一家籬園裡開著美麗的紅白的花朵時，我很想下車去採一點放在培因斯的床邊。可是接著我又分析自己的心理起來，這到底是虛榮還是獻媚與討好？——都沒有，最後我覺得都沒有，我只是感到這些美麗花朵可以安慰一個美麗的女子是比在籬落裡有點意義，我願意偷偷地送去不讓她知道是誰去放的，我更願意讓她知道這是彭點獻去的；但是這種心理是不是可以說在愛她，我有點怕了。但是事實上我還是不相信，因為假如病的是魯茜斯或者羽寧，我也是一樣會想到採點花去祝她早癒。

是九時三刻，我在那個女子中學裡候羽寧下課。

從十點二十分到十二點她碰巧沒有事，我們就散步到小河邊。

「培因斯病好了嗎？」

「你怎麼知道她病倒的？」

「史密斯前天來過。」她接著說：「你為什麼今天才來，是不是因為忙於陪培因斯。」

「這是同我開玩笑了。」我說：「我是決定想在最近離開這裡。」

「你是說到英國法國去？」

「是的。」

「真的嗎？」

「自然啦，我為什麼騙你？」

「那麼，」她好像振作一下似的說：「我決定同你一同離開。」

「怎麼？」我說：「這是什麼意思？」

「我要你帶我出去。」

「這怎麼講，是不是因為我來，因為我上次同你講一次故鄉的一些事情，打動了你的鄉思？」

「不，」她頭低著，眼睛看在地下，感慨似的說：「三年中我沒有一天不想回去！」

「那麼為什麼不回去？」

「因為他在愛我。」她說：「他」，但是我知道是指史密斯的。

「那麼你是不是也愛他？」

「也許是的。」這時我們已經走到白石旁邊，她無意識的坐了下來。我站在她面前，說：

「那麼，據我所知，他是希望你能夠做他終身的伴侶，永遠在這裡的。你既然愛他，為什麼不答應他？」

「但是我有家，家在中國，那裡我有數十份愛值得我留戀。」

「那麼為什麼你早不回去？」

「這樣的生活過幾年也很有意思的，我覺得。但永遠過下去我並不想。」

「但是現在你是很難回去了。」

「我知道。」她說：「所以我要你帶我回去。」

「你自己不能回去，我有什麼權力可以帶你？而且不瞞你說，他是叫我來勸你長住在這裡的。他說，假如你同他結婚以後，那麼同我一同回國一趟再來，他是放心而且信任你的。」

「他的話是對的，但是我絕沒有嫁他而長留在這裡的意思。」

「為什麼這樣堅決，你既然也愛他。」

「但是在中國我有幾十份的愛：我的家，我的父母，我的祖母，我的兄弟，我的親戚，我的朋友，還有不瞞你說我的未婚夫。」

「你的未婚夫？」

「是的。」她說：「他愛著我。」

我不懂了，我問：

「那麼你可以在這裡待三年。」

「怎麼不可以？」

「你們通信嗎？」

「通信。」

「這裡可以通信？」

「自然，這裡有人到英法去運用品，為什麼會沒有人運郵件？」

「他們寄信到英國？」

「是的。」

「史密斯知道你有未婚夫嗎？」

「知道的，」她說：「但是他不相信我愛著我的未婚夫。」

「那麼你也愛你未婚夫。」

「不，我不見得已經愛他，但是我相信我會愛他的。」

「這個我更加不懂了。」我說了，坐在草地上，望她低垂的眼睛，她眼角略略上斜，睫毛很長，圓眼睛的眼梢上斜，在我是第一次見到。普通圓眼的人只顯得靈活，為這眼梢的一點上斜，就加替了幾分英挺。她就用這靈活而英挺的眼睛望望我，說：

「我們有十年不會面了。」

「那麼你們會面時一定都在童年。」

「是的，但是他是我姨母的孩子，我母親同我姨母非常好，所以我們的愛情，是傳統的。」

「愛情還有傳統，這個我實在不懂。」

「你太歐化了。」她笑：「中國愛情可貴就在傳統。」

「那麼血親應當更傳統。」

「血親根本是一體的，自然太沒有距離。」她笑著說：「愛情是什麼，在我只以為是適當的距離，太多距離沒有愛情，太少距離也沒有愛情。」

「那麼你同史密斯……」

「是的，」她說：「也有愛情的距離。但是這是西洋人的愛情距離。中國的愛情距離是從家屬產生，不是從個人產生。」

「但是這是封建社會的買賣婚姻。」

「不錯。」她說：「這種家族距離，為了社會變化太多太快，所以變成不可靠，最近也以個人距離為中心了。但是我有點不同。」

「為什麼？」

「因為我們兩家始終是相愛，我們兩人始終互相信仰，大家有不使對方失望的決心。」

「假如你現在回國，會見你十多年不見未婚夫，但是結婚下來忽然感到不好，那麼怎麼辦呢。你是不是會想起史密斯……」

「怎麼會不好？」

「那麼你的意思是說你未婚夫愛你一定會過於史密斯。」

「也許不見得，但是我會愛他超過於我愛史密斯。」她說：「而且我的回去不僅僅為一個未婚夫，我母親只有我一個女兒，家鄉裡有我唯一的童年的憧憬，還有我學校裡親友間的姊妹。」

「但是我總覺你不應當待了三年。」我說：「我問你，你到底有沒有對史密斯說要回去過。」

「自然啦，我說了許多次要回去。」

「他難道不許嗎？」

「他挽留我，求我，我不允許，他就要跟我走；弄得這裡的人都替他挽留起來，所以我沒有法子，只好耽下來。」

「那麼現在你怎麼可以回去呢？」

「我要求他允許，求他讓我悄悄地走。我到現在沒有答應他同他結婚，他自然應當知道我的決心，只要他肯不說跟我去，別人也很容易允許我走的。」

「但是我可有點不舒服，因為你知道他是叫我勸你的，結果我反而把你帶走，這叫我怎麼交代？」

「那麼你是不同情我，只同情他的了。」

「不是這樣講，你所代表的是一個家族，他所代表的是一個民族。他在這裡是千萬人的核心，是整個社會的靈魂；假如他因此而終身陷於相思抑鬱之中，那麼這是誰的責任。」

「不會的，不會的。只有我母親會傷心一生，如果我不回去。你為什麼不想到我需要中國，我關聯著我們這個博大宏厚的民族呢？」

我默然了，凝視著東流的小河。她又說：

「你一定同我走。」

「那麼，我給你三天期限，三天內你同史密斯去說好，否則我可不能等你了。」我說著站了起來。

飯後兩時她去工作了，我個人溯著小河上走，野境無限好我都沒注意，我心裡浮著許多不同的情緒與零碎的觀念。一直到六點鐘時我方才回到車站，火車的震動很快，我的心也晃搖厲害，我怕見培因斯，但也想見培因斯。

到家還早，知道培因斯下午已起床，但休息著沒有去學校；她見我以後同我非常好，我預料中她的不高興竟一點沒有。起初我很奇怪，後來我想到這一定史密斯把我的心境對她說了。那麼史密斯昨夜的話，正是代她向我探聽的可無異議。彭點不在，於是我問：

「彭點沒有來嗎？」

「已經回去了。」她說：「你怎麼忽然問起他？」

「沒有什麼，我想他一定會來看你的。」
「是我叫他回去的。」
「為什麼？」
「因為我想一個人待一會。」
「那麼，對不起，我又來擾你了。」
「不要緊，徐，因為我已經待夠了。」她笑著說：「羽寧怎麼樣？她同你說些什麼？」
「羽寧嗎？」我說：「我很奇怪，她說她要同我一同回去。」
「你要回去嗎？」
「是的，」我說：「我想三天以後，決定回去了。」
「為什麼？因為我們怠慢你是不？」
「怎麼會，你們待我再好沒有。」
「那麼是我使你生氣了？」
「怎麼會？我永遠在心裡感激著你。」
「那麼是彭點使你覺得不舒服了？」
「千萬不要這樣想，培因斯，你同彭點給我一對人類裡難得的印象。」
「為什麼說我同彭點。」她眉頭一蹙，有令人生畏的光芒使我低頭了，我說：
「我直覺地感到。」

「讓我們直爽一點好不好？」她莊嚴得像一個神像，我從來了以後，這是第一次見到她這樣的表情：「昨天你同史密斯說的話我已經知道了，現在我要你當面回答我一個問題，你到底有沒有在愛我？」

「培因斯，不要問我這個問題好不好？」

「在這個世界裡，青年人只有愛情的快樂，沒有愛情的痛苦的；但是你將它帶來了。」

「我知道，所以我要早點離開這裡。」

「這些我不管，現在的問題只一個你是不是在愛我？」

「我不知道。」我低著頭說：「但是我怕有這樣的事情發生。」

「但是你應當早覺悟，如今這樣事情已經發生了，你知道嗎？」

「我知道，但是我不相信。」

「這是沒有法子再可懷疑了。因為我在愛你。」

「真的麼？培因斯，這在我是光榮的；但是在你是不值得的；我是一個平庸的孩子，雖然愛你，但是我還愛我的家鄉與民族的空氣與傳統。而我的愛是平凡的，並不能像西洋許多小說裡的男主角，為一個女子，而忘去自己的事業與理想。」

「但是我的愛是這樣的，我願意同你一同離開這裡。天外的世界都是我想到的，我願意跟你走，跟你流浪，徐。」

「怎麼？」我說：「培因斯，這只是年輕時幼稚的情熱。我雖然年齡不大，但是也許是中國民族容易變成老成，這樣的情熱時代我已經過去了。一個人少用一分情熱，就會多用一分理智。你是絕頂聰明的人，假如你能夠把你對我的情感分析一下，就會覺悟到有考慮的必要。如果你再把你的前途與幸福想想，你會知道我的愛你，遠超過於你愛我的。」

「你這是什麼意思？」

「假如你真的跟我走了，漂流到萬裡外的異鄉，我的家庭裡的親族父母你不能適應，那面的習慣風俗你不會習慣，水土氣候你也不會立刻就服，許多這裡樂園裡沒有的痛苦你隨處都可以感到，我不會失業，我會貧窮，我們會在貧民窟裡，早晨愁夜裡的肚子，夏季愁冬令的衣裳；我愛你，但是愛你就應當顧到你的幸福。我既然不能在這裡陪你過幸福的生活，又無力帶你出去給你幸福的生活，所以在這些事實下，留一分最美的感情在心裡也很好的。一個人不一定要將手臂用斷方才死去，那麼一個人何必要將心中的情感都用光它？」

「不，你太看輕我了，我的祖父在風浪中鐵血裡生活，我的父母也是在風浪中鐵血過活，我也在風浪中鐵血裡入世；難道我不能將我的力量與情熱把我的環境改變與創造？」

這時我聽見外面史密斯的聲音，我不想再說下去，我說：

「這問題恐怕不會有結果，但是你冷靜地在夜裡思索一過，會相信我的話絕不是騙你，也絕不是有半點輕視你的意思，為你的幸福，我本應當犧牲我自己，但是為我民族的家鄉的親友的種種愛情，我不敢犧牲關聯著別人的自己；可是既然不願意犧牲自己，自然更不願犧牲你的幸福，這是我深深地感覺著，是幾千萬遍思索所得的同樣的結論。我希望你冷靜地想一想。」

這時史密斯進來了。我說：

「啊，你回來了。」

「你什麼時候回來的？」史密斯手放在褲袋裡響著鑰匙對我說：「已經有半點鐘了。」

「你完全好了嗎？」他對培因斯說。

「好了。」

「要是今天還不好，我是預備明天送你到醫院去了。」

「我頂怕醫院，我怕醫生把我當一隻錶來修理的。」

「健康的人都怕醫生，不健康的人都愛醫生。」我說。

「孩子們都怕醫生，成人們都愛醫生。」史密斯說：「還有女子們怕醫生，男子們都愛醫生。」

「不，我是男子，但是不愛醫生；因為請教醫生的時候，總是自己病了！正如我不愛棺材一樣。」

史密斯笑了，伸出他的手來招呼培因斯，說：

「吃飯去吧，母親已經等著我們了。」

十

關於羽寧的話，我是一句不改的在當天晚裡同史密斯說了。史密斯只是笑笑，他好像很有把握似的沒有表示什麼。

第二天培因斯上學了，我寂寞地等太陽直起來，斜下去；我矜持自已沒有送她也沒有接她，但是她終在我盼望中回來了。我真不知道是怎麼回事，無法壓制自己不同她親熱，一直到夜裡在床上，我又開始後悔。第三天，我等得更惆悵，但是她回來時可同我反而冷淡一點，這使我很痛苦也很空虛。於是到了第四天，我很早就動身去訪羽寧。

羽寧迎著我說：

「啊，你來了，我真怕你獨自走了。」

「怎麼樣，羽寧，你同史密斯說過了嗎？」

「但是他同以前一樣，他要跟我走。他說我不愛他也好，他總要跟著我同我在一起，一直到我結婚了。」

「你結婚以後怎麼樣嗎？」

「我結婚了，他才死心。」

「那麼，我只好先走了。」

「不，徐，無論如何我求你帶我出去。」

「但是有什麼可能呢？」

「我已經想好一個辦法，如何你肯等我一個月。」

「一個月怎麼可以，實在不瞞你說；我現在在愛培因斯，再不走的話，我要陷入你一樣的境地。」

「那麼，你不會帶培因斯嗎？」

「這怎麼可以？等於將熱帶的鳥帶到寒帶，她心境會痛苦，性情會變壞，人會老去，於是抑鬱以至於死。」

「你真的不想帶培因斯走嗎？」

「真的。」

「那麼你一定帶我走，等我一個月。」

「這話是什麼意思呢？」

「讓我們倆名義上結婚了。」

「這怎麼可以？」

「有什麼不可以，名義上，不過名義上，出了這個國境，我們還是朋友。」

「但是培因斯知道了要傷心的。」

「不要緊，我一定可以不使你為難。我所以要一個月的意思，是因為一個月以後，這裡有一個節日，叫做露露。那一天男子都邀請所愛的女子同玩，滿街狂飲狂舞；如果一個女子願意嫁給帶她玩的男子，她有一種特權，只要在會集中宣佈一下，就可以得到公認，而且男子是無法拒絕的。那麼我一宣佈，培因斯只好怪我不會怪你的。」

「那麼平常的日子呢？」

「平常的日子，男子可以拒絕，而且要到報館去宣佈，假如現在我們宣佈這個消息，培因斯一定要傷心起來，而且也許人家會知道我們的偽作。」

「但是一月後，別人怎麼會相信你愛上了我。」

「那麼，一個月以前，難道別人會相信了嗎？到那天，借了酒醉，別人知道我們沒有愛也不會有什麼懷疑的。」

「這件事，我想還是讓我考慮一下吧。」我說：「但是一個月我終是等不住的。」

「一個月，一個月是很容易過去的。徐，無論如何你要幫我忙，否則，你如果一定不肯帶我出去，我怕真會老死在這裡了。」

「但是我不能再同培因斯有一個月的糾纏，大家知道對方愛自己的時候，愛情的滋長會比雨後春筍還快。所以如果再一個月，不是我長在這裡，就是要帶培因斯出去，這在我現在的理知中，覺得都是害人害己的事情。」我說完了望著她等她回答。

她想了一會，忽然興奮地說：

「那麼，你住到我這裡來，好不好？我可以把屋子讓給你，我搬到學校去。這樣，第一你可以不會見培因斯，第二我們有一個月的辰光在一起；別人也會相信我們真發生了愛情。好，決定為樣辦，你回去，星期早晨來。」

「那麼讓我想一想再說吧。」

「不必想了，徐，決定這樣辦。」

途中我以為我住到梅陳鎮來，一定會使培因斯不高興的，但是事實並不，不高興的是魯茜斯，魯茜斯今天來看培因斯，自然也可以說是看我，臨走的時候叫我陪她出去。當我們轉彎的時候，她問：

「為什麼要搬到梅陳鎮去住了？」

「我想給彭點一點舒服，同時也省得培因斯對我起更深的感情。」

「但是培因斯對你不過是好奇與好勝，她實在有點男子氣，她的愛你正如普通男子愛一個女子一樣。」

「我想你這話是有幾分道理的。但是我到底不懂普通女子愛男子的心理。」

「她應當是比男子隱潛與矜持。」

「我想是的，所以女子的愛就比較寶貴。」

她這樣就沒有說下去。默默地在我身旁走著，今天她很少有頑皮的笑容，我也沒有什麼話說。從側面看她。她顯得分外美麗。她說培因斯有男子的個性但是在外表上，她自己顯著男子的色彩。她是比培因斯來得美，但沒有培因斯來的溫柔。陽光斜在槐樹上，人影在地上頗零亂，她影子正斜在我影子的肩上。銀髮染著可愛的光彩，我故意退後兩步，讓她的髮影明顯地瀉在地上。

她好像發現似的，露出稀奇的笑容說：

「你這是什麼意思？」

「因為我不願意遮住你那美麗影子。」

她沒有回答，也沒有表情，我們間又完全沉默了。這個沉默似乎一直壓到我的心頭，我開始發聲音了：

「我奇怪，培因斯居然想離開這個樂土了。」

「誰都想看看外面的世界。」

「那麼你也想嗎？」

「自然，這裡的一切都太平凡了。」

「為什麼平凡？——和平，自然，舒適。」

「這就是平凡。」

「那麼你為什麼不離開這裡呢？」

「沒有機會與福氣。」

「但是我覺得這裡是樂土。」

「那麼你為什麼不想長住在這裡？」

「因為我是中國人，我愛我家鄉的土壤？」

「那麼你為什麼到歐洲來？」

「不過為暫時看看另外的世界。」

「那麼培因斯也是一樣的。」

「但是她願意永遠在外面去流浪。」

「不，你太幼稚了，實在告訴你，女子永久的世界終是男子的身伴。」

我沒有能力回答了。我說：

「魯茜斯，你實在太聰明了。」

「你看，你挖苦我了，我是喜歡你的聰明的。」

「我是一個再笨不過的人，你太客氣了。」但是她莊嚴地說：

「不要說這些話好不好，假如你當我是你的朋友。」

我於是又沉默了，一直到她的家裡，我又坐了一會，她送我出門時說：

「你一定星期日搬到羽寧地方去了嗎？」

「是的。」

「那麼星期早晨等我，我陪你一同去。」

「那何必客氣呢？」

「假如你不喜歡我伴著你們，那麼我就不來了。」
「你為什麼說這樣的話？」
「那麼你為什麼說我客氣呢？你難道以為我當你客人而不是朋友嗎？」
「那麼請你原諒我。我一定等著你，假如你上午起不來，我們就下午去。」
說著我就回來了。

到星期日那天，史密斯同培因斯已經整裝待發，而魯茜斯沒有來；我因為有約在先，所以騎上自行車去找她，魯茜斯在看報。我說：

「怎麼啦？我們等你太心焦了。你一人還在看報！」
「你不是說可以等我到下午嗎？我還沒有吃過早飯哩。」
「但是大家都等著你。」
「那麼我早餐不吃好了。」說著站起來要走。
「不，你快吃一點東西，我等著你。」
「不，我不想吃了。」
「吃一點，回頭要餓的。」
她沒有回答，拿一個小麵包在手裡，咬了一口說：
「走吧。」
這樣我們就動身了，那天我們過得很好，大家很興奮也很愉快。從此我就住在羽寧的房裡，羽寧平常吃飯總是在學校裡的，現在則餐餐回來同我一起燒了，她工作完了我們終在一起，平常的時候，我一個人在野外漫步，或者在白石上看書，日子就輕輕易易打發過去了。

在這些日子裡，史密斯是常常來的；他終是先到學校裡去看羽寧，再兩個人一同來看我；培因斯也隔不久來玩，逢星期六還住在羽寧學校裡；魯茜斯一星期總也有一次來看我。彭點也同他們來過兩趟。

這樣一個月就輕輕易易地快過去了。

起初，羽寧同我兩個人在一起的時候，終談到露露節那天的情形與節目以後的行程；我們計畫好節日的第三天離開這島，先到英國，住些時她去美國，我回法國。但是到節日的前兩天，她很少談起這些，我談到的時候，她雖是笑笑表示完全同意，可是沒有以前的興奮了。

於是露露節終於到了。節日的前夜，電燈輝煌，如同白晝。人們下午就沒有工作，大家在路上擁擠，無線電到處播著音樂，隨處是葡萄酒桶，公園裡有樂隊在奏樂，樹上都掛滿了紙彩，有房子的地方都是旗幟，大街上手攜手的人們，四五成群的，面上都揚著酒暈，嘴裡嚷著唱曲，世界似乎完全變了。

史密斯，彭點，魯茜斯與培因斯在下午就來看我們。我們一同在河邊漫步，河邊草地上已有人在佈置宴席了。不一會，大小公園，河邊野地的草地都是人群與宴席，人人手上都握著玩具，旗幟，氣球；頭上帶著紙帽。我們在野地上採了一點花草，紮在胸襟上，趕進火車，奔向城裡去。城裡也是一樣，公園裡街路旁有草地的地方都是宴席，有房子的地方都是旗幟，有樹的地方都是紙彩，有路的地方都是人，有人的地方都是歌唱，有頭地方都是紙帽，有手的地方都是玩具，有的叫著吹哨，有的拉著氣球……。

最後，大概是七點鐘的辰光，各處的汽笛與鐘聲都響了，大家立刻肅靜無聲，揀附近的宴席上坐下了。

我們六個人正在一個小公園裡面，這時候也坐下來。大家又開始談笑，隨即就熱鬧地喝酒吃菜了。我不會多飲，不到半個鐘頭，早就酒醉飯飽，羽寧喝得最多，培因斯喝得也凶。一直到九點鐘，那時我心裡非常緊張，因為羽寧曾經告訴我，宴席的時間就是宣佈婚姻的辰光。但是我壓抑著心跳，靜靜地坐在那裡。

忽然汽笛與鐘聲又是暴風雨般的響了起來，接著大家都靜寂了。等這陣鐘聲汽笛過後，就看見有一個女子帶醉地站起來，宣佈婚事，於是大家掌聲雷動，有序地歡呼三聲，旁邊的男子就站起來向人家行禮，於是又坐了下來。這樣大概十幾個人以後，我的心一次一次的緊張著，這時羽寧忽然站了起來，我真不知道怎麼才好。

但是出我意外，羽寧宣佈的是史密斯。史密斯站起來了，我心裡感到一種輕鬆，但也感到一種奇怪。接著培因斯忽然站了起來，我突然悟到一切事情都完了，原來羽寧要我幫她出境是一個計策，實際上是幫著他們在留我的。那麼羽寧是從什麼起變了心的？我心裡又害怕，又懊惱，自然也有幾分說不出的驚喜。

但是事情還要出我意外，培因斯宣佈的竟是彭點。大家歡呼了，彭點站起來，向歡呼的人們行禮。我這時感到一種威脅，一種壓迫，一種說不出的難過，我把眼睛閉起來，牙齒咬緊了矜持自己的感情。

但當我的思維尚未收斂的當兒，忽然聽到有人在叫我的名字。我驚慌非凡，開眼一看，原來魯茜斯在宣佈我的名字，這時我好像頂頭被人打了一棍般的，眼前一黑，我幾乎暈倒了！

大家在歡呼，史密斯，彭點，培因斯與羽寧推我起來向大家答禮，推著推著，我還是昏迷著不知怎麼好！於是旁邊的人也大家來推了。

我感到周圍一種擁擠。

十一

「護照？」我被擠到一張桌子前面，問我的是一個穿制服的人。

「什麼？」我驚愕了。

「護照，先生。」

「護照。」在我後面的人提醒我。

原來我已經在英國的碼頭上了，裹著雨衣，提一隻皮夾。前後擁擠的都是人。但是，哪兒有史密斯、彭點？哪兒有培因斯、羽寧？更哪兒有魯茜斯？

我揉揉眼睛拿護照給前面的人。

回頭一看，那位矮胖的中年人紳士正在我的後背，拿著很大的手帕在揩禿頭上額角上的汗，喘著氣說：

「世界進步到現在這樣，工業發達像英法這樣的國家，又不是沒有錢，這個短短的海峽中間還不架一架鐵橋或者打通那海底，通通火車，叫每天成千成萬的人來受罪，真真荒謬！」

「真是荒謬的英法海峽！」我嘆了一口氣說。

……

一九三九，四，二一夜十二時正脫稿。

徐訏文集・小說卷08　PG1557

鬼戀

作　者	徐　訏
責任編輯	徐佑驊
圖文排版	周妤靜
封面設計	王嵩賀

出版策劃	釀出版
製作發行	秀威資訊科技股份有限公司
	114 台北市內湖區瑞光路76巷65號1樓
	電話：+886-2-2796-3638　傳真：+886-2-2796-1377
	服務信箱：service@showwe.com.tw
	http://www.showwe.com.tw
郵政劃撥	19563868　戶名：秀威資訊科技股份有限公司
展售門市	國家書店【松江門市】
	104 台北市中山區松江路209號1樓
	電話：+886-2-2518-0207　傳真：+886-2-2518-0778
網路訂購	秀威網路書店：http://www.bodbooks.com.tw
	國家網路書店：http://www.govbooks.com.tw
法律顧問	毛國樑　律師
總 經 銷	聯合發行股份有限公司
	231新北市新店區寶橋路235巷6弄6號4F
	電話：+886-2-2917-8022　傳真：+886-2-2915-6275

出版日期	2016年8月　BOD一版
定　價	350元

Printed in Taiwan

國家圖書館出版品預行編目

鬼戀 / 徐訏著. -- 一版. -- 臺北市 : 釀出版,
2016.08
面； 公分. -- (徐訏文集. 小說卷 ; 8)
BOD版
ISBN 978-986-445-142-5(平裝)

857.63 105013861

讀者回函卡

感謝您購買本書，為提升服務品質，請填妥以下資料，將讀者回函卡直接寄回或傳真本公司，收到您的寶貴意見後，我們會收藏記錄及檢討，謝謝！

如您需要了解本公司最新出版書目、購書優惠或企劃活動，歡迎您上網查詢或下載相關資料：http:// www.showwe.com.tw

您購買的書名：________________________________

出生日期：________年________月________日

學歷：□高中（含）以下　□大專　□研究所（含）以上

職業：□製造業　□金融業　□資訊業　□軍警　□傳播業　□自由業

□服務業　□公務員　□教職　□學生　□家管　□其它_____

購書地點：□網路書店　□實體書店　□書展　□郵購　□贈閱　□其他

您從何得知本書的消息？

□網路書店　□實體書店　□網路搜尋　□電子報　□書訊　□雜誌

□傳播媒體　□親友推薦　□網站推薦　□部落格　□其他__________

您對本書的評價：（請填代號　1.非常滿意　2.滿意　3.尚可　4.再改進）

封面設計____　版面編排____　內容____　文／譯筆____　價格____

讀完書後您覺得：

□很有收穫　□有收穫　□收穫不多　□沒收穫

對我們的建議：________________________________

____

____

____

請貼
郵票

11466
台北市內湖區瑞光路 76 巷 65 號 1 樓
秀威資訊科技股份有限公司 收
BOD 數位出版事業部

（請沿線對折寄回，謝謝！）

姓　名：＿＿＿＿＿＿＿＿　年齡：＿＿＿＿　性別：□女　□男

郵遞區號：□□□□□

地　址：＿＿＿＿＿＿＿＿＿＿＿＿＿＿＿＿

聯絡電話：（日）＿＿＿＿＿＿＿＿（夜）＿＿＿＿＿＿＿＿

E-mail：＿＿＿＿＿＿＿＿＿＿＿＿＿＿＿＿